벼랑 끝에 서 있어도
잊지 말아야 할 5가지

벼랑 끝에 서 있어도
잊지 말아야 할 5가지

김홍선 지음

R 도서출판 더 로드
The Road Books

나이 오십이 넘어 실패담을 쓰자니 묘한 여운이 인다. 과거의 실패가 있기에 오늘의 내가 있다는 것을 알지만 쓰린 실패의 기억은 여전히 편치 않다. 실수 한 것도 많고, 잘못된 길로 들었던 경험도 적지 않고, 삶의 잃어버린 시간도 적지 않다. 방황했던 지난 시간이 내 남은 삶과 다른 사람들에게 도움이 되었으면 하는 마음에서 글을 쓰게 되었다.

나에게는 조금은 독특한 습관이 있다. 주머니에 안경 닦기가 없으면 불안하고 예민해진다. 다시 집에 가서라도 가져온다. 안경에 먼지가 조금만 묻어도 신경이 쓰여서다. 지난 토요일 오후 카센터에서 차를 찾아 집으로 오고 있었다. 갑자기 오른쪽 눈앞에 검은색 실이 아른거린다. 습관적으로 손을 뻗어 실을 없애려 한다. 헛손질만 계속되고 검은색 실은 그대로 있다. '이상하다' 차를 세우고 오른쪽 눈앞을 집중해 보았다. 검은색 실오라기뿐만 아니라 기포가 안개 끼듯이 보인다. 다시 한 번 손을 휘저어보지만 소용없다.

"당신도 눈앞에 검은색 실이 보여?"

내 목소리에 아내도 긴장을 하고 나의 눈동자를 뚫어져라 본다.

"아무것도 없는데? 내가 이 증상을 검색해 볼게."

놀란 나를 안심시키기 위해 아내의 손놀림이 빨라진다.

"이거 비문증이래!"

"그래?! 눈앞에 실오라기 같은 것이 가려지니 답답해서 미치겠다. 병원 없을까?"

토요일 늦은 오후라 병원은 모두 닫았다. 신경은 곤두섰고 한편으론 겁이 덜컥 났다. '이거 안 없어지면 어떻게 하지?' 불안과 한쪽 눈을 가린 답답함으로 주말을 어떻게 보냈는지 모르겠다.

"망막 일부가 뒤 벽에서 분리가 되면서 이 부분이 찢어져서 그럽니다. 찢어진 부분은 레이저로 간단히 봉합이 되는데 찢어지면서 생긴 이 조각 때문에 그런 것이 보이는 겁니다."

"그럼 레이저 시술하면 아른거리는 것은 없어지나요? 답답해서 죽겠어요."

"네, 시술을 하고 일정시간 지나면 없어집니다. 그런데 그 원리를 아셔야 해요."

"눈앞에 아른거리는 것 일부는 출혈된 피라서 시간이 지나면 흡수가 됩니다. 그런데……"

"이 찢어진 조각은 그대로 있어요. 시각신경으로 전달된 정보는 뇌를 통해 처리를 하게 되는데 시간이 지나면 자연스레 뇌에서 보이지 않는 것처럼 처리를 할 거에요. 시간이 지나면 괜찮아집니다."

"예! 그럼 이 조각은 그대로 있는데 단지 뇌에서 안 보이게 정보처리만 한다는 거네요."

이해가 되지 않았다. 앞을 가리는 조각은 그대로 있는데.

"그럼 이 조각을 깨끗이 제거하는 수술을 할 수 있나요?"

"예 물론 수술을 하면 제거 되고 안 보입니다. 그런데 이 수술 때문에 그동안 인지하지 못했던 다른 것이 보일 수 있어요. 그래서 수술을 권하지 않습니다."

'아 그럼 어떻게 하란 말인가? 지금 답답해 죽겠는데.'

"그냥 신경 쓰지 마세요. 그러면 보통 한 달 안에 좋아집니다. 예민하신 분은 오래 걸려요."

도저히 이해가 되지 않는다는 내 표정을 보고 의사는 한 시간이 넘게 설명을 한다.

'세상만사 모두 마음먹기에 달렸다.' 이 평범한 한마디를 일상에서 절감하였다. 그것도 아주 과학적으로. 내 인생은 항상 이런 식이었다. 성공보다는 실패에서 인생의 당연한 진리를 경험하며 체득하였다. 매사에 긍정하라, 실패는 성공의 과정이다, 현재에 충실하자, 자신이 원하는 인생을 살자. 넘쳐나는 자기 계발서에 나오는 이 글귀가 나의 삶과 책에서 펄떡이는 생명력으로 살아있다.

지금 이 비문증 증상이 어떻게 되었을까? 마음을 긍정적으로 먹었다. '그래 무시하자.' 눈앞의 아른거리는 이물질을 보며 '세상만사 마음먹기 나름이야'를 외쳤다. 그랬더니 하루가 다르게 증상이 사라지기 시작 한다. 그런데 재미있는 것은 아직 아른 거리는 것에 집중하면 여전히 보인다. 일상에서 인생의 당연한 지혜를 경험하며 오늘도 산다. '세상만사 모두 마음먹기 달렸다.' 이왕이면 긍정적으로 해석하자.

차례

제1장

실패 인생

1

아버지의 유언

아버지는 실향민이다. 통일 되면 바로 고향으로 올라간다고, 고향과 가장 가까운 강원도 속초에 자리를 잡았다. 그래서 속초에서 고등학교까지 졸업 했다. 인생에서 고1 말 이과 문과를 결정해야 하는 때 아버지와 상의는 마지막 유언 같은 것이었다. 아버지는 중학교 2학년 때 후두암으로 투병을 시작해서 고2 3월에 돌아가셨다. 고1 말 아버지는 누가 보아도 죽음이 얼마 남지 않은 말기 암환자였다. 본인도 죽음이 임박한 것을 직감했다. 진로 상담에서 자신이 죽은 뒤 아들이 제대로 대학공부를 할 수 있을까 하는 염려의 눈빛이 역력하게 보였다.

어릴 때부터 TV에 방영되는 '하버드법대의 공부벌레들'이라는 프로그램에 푹 빠져 장래희망이 법조인이었다. 그때는 수학, 국어 둘 중 어느 것을 좋아하느냐로 이, 문과를 나누던 시절이었다. 그런 점에서 천생 문과생이었다. 고1 말 이문과를 정하기 위해 마주 앉았다. 그때 아버지의 모습이 아직도 생생하다. 체중은 절반으로 줄었다. 가뭄에 바싹 마른 나뭇잎 같은 생기 없는 얼굴, 염려 가득한 눈빛으로 나를 바라보는 눈, 뼈만 남은 앙상한 손, 말을 할 때마다 내 쉬는 가쁜 숨소리는 아직도 생생하다. 생이 얼마 남지 않은 것을 마주 앉은 두 사람이 같이 느끼고 있었다. 아버지는 내 생각을 물었다.

"홍선아 대학은 어디 갈지 생각해 보았니?"

"아버지, 저는 문과에 가서 나중에 법대를 진학할 생각입니다."

아버지는 깊이 생각에 잠기더니

"홍선아, 이과에 가는 것이 어떠니? 적어도 취직은 문과보다 잘 될 것 같은데?" 이 한마디를 거스를 수가 없었다. 나를 염려하는 아버지의 마음이 눈빛으로 느껴졌다.

원치 않은 인생의 시작점이었다. 지금도 가끔 그날의 장면이 생생히 떠오른다. 그리고 내가 왜 아버지 말을 따를 수밖에 없었을까? 스스로에게 물어본다. 고1의 김홍선은 아버지가 곧 떠나면 가정을 책임져야 한다고 생각했다. 가장은 가족을 위해서 희생해야 한다는 생각이 부모님의 인생을 보며 자연스럽게 자리 잡아 있었다. 아버지는 방보다는 소파에서 주무시는 것을 좋아했다. 아버지의 조언대로 다음해 고2 이과로 결정하여 반을 배정받았다.

1986년 학기 초 담임 선생님이 반 학생들 이름도 다 외우지 못했을 때였다. 아침에 수업을 하는데 학교 방송으로 나를 급하게 찾았다. 집에 일이 있으니 빨리 하교하라고. 서늘한 기운이 뒤통수를 쳤다. 담임 선생님이 급하게 교실 문을 열어젖힌다. 선생님을 보는 순간 벌떡 일어났다. 떨리는 눈으로 바라보았다. 선생님 역시 가쁜 숨을 쉬고 있었다. 눈이 마주쳤다.

"무슨일이죠?"

"아버님이 운명하셨다. 빨리 집에 가 보아라."

그 자리에 털썩 주저앉았다. 친구들이 가방을 싸 주었다. 마음에 준비는 하고 있었지만 아버지의 죽음을 마주할 용기가 나지 않았다. 어떻게 집에 왔는지 모르겠다.

이문과 진로를 정하느라 아버지와 얘기한 것이 돌아가시기 전 마지막 대화였다. 나는 진로에 대해 아버지와 상담을 했고, 아버지는 아들의 장래에 대해 마지막 유언을 한 것이다. 그것을 아버지의 죽음을 마주하며 깨달았다. 소파에서 주무시다가 편안하게 영면하셨다. 참 이상했다. 아버지의 주검을 마주하고 있는데 눈물이 나질 않는다. 초등학교 6학년 여동생은 엄마와 같이 울고 있다.

"엄마, 우리는 어떻게 먹고 살아? 옆방 세줄까."

하고 여동생은 우는 것이다. 꼬맹이 초등생이 벌써 먹고 살 걱정을 하는 것을 보니 참……. 아버지의 죽음이 실감이 나질 않았다. 아니 받아들일 수가 없었다. 살면서 아버지의 빈자리는 점점 더 커져만 갔다.

아버지는 외아들인 나를 본인의 못다 이룬 희망이며 꿈으로 여겼다. 북한에서 함흥사범학교를 다닌 아버지는 교사를 꿈꾸었다. 졸업을 6개월 앞두고 6.25전쟁이 발발하면서 남하했다. 먼저 졸업한 선배들은 속초에 내려와 교사로 재직할 수 있었다. 선배들을 보며 아버지는 못 이룬 꿈에 대한 아쉬움을 곱씹으며 살아갔다. 원치 않은 삶을 사는 것도 유전이 되는가. 어릴 때부터 아버지는 나를 위해서는 무엇이든 희생하며, 원하는 것을 다 해주었다. 내가 본인의 희망이었다. 그런 고등학생 아들을 두고 떠나는 아버지는 돌아가실 때까지 편히 눈을 감을 수가 없었다. 어떻게 하든 "아들 대학공부까지는 마치고 죽어야 하는 데"를 입에 달고 사셨는데……. 그런 아버지의 마음을 아이 세 명을 두고 있는 지금 절절히 느끼고 있다. 아버지는 자신이 못 이룬 꿈을 대신 할 아들을 끝까지 보지 못했다. 3년간의 암투 병으로 우리 집은 경제적으로 파산이 난 상태였다. 돈을 버는 사람은 갓 취직을 한 누나 한사람이었다. 앞이 보이지 않았다.

아이러니하게 아버지의 권유로 선택한 이과의 길은 그 이후 인생에 가장 힘들고 원하지 않는 삶의 시작이었다. 고2 이후 맞지 않는 이과의 공부를 하면서 무기력해졌다. 수학, 과학 공부는 너무 힘들었다. 원하는 문과를 선택하지 못한 현실에 너무 화가 났다. 자연스럽게 성적은 계속 내리막길을 걸었다. 집에 들어가면 평생 살림만 한 엄마는 가족의 생계를 걱정하며, 앞으로 어떻게 살아야 하나? 밤을 지새우는 날이 늘어갔다. 아버지의 빈자리가 커져만 갔다. 그런 엄마를 보며 집안을 빨리 책임져야 한다는 마음에 억지로 이과공부를 해 나갔다. 그래도 맞지 않는 이과공부는 나를 지치게 했다. 수학, 과학수업 시간 선생님 말씀을 열심히 이해를 하려고 해도 잘 되지 않았다. 그냥 무작정 외웠다. 수업시간이 고문이었다. 그 당시 속초는 변변한 학원하나 없었다. 고3 시절 모든 공부는 학교에서 이루어졌다. 아침에 등교하여 저녁 10시가 훌쩍 넘어서 집에 왔다. 하루에도 수십 장씩 배포되는 프린트 물에 묻혀 '멍하게' 보내는 나날들이 계속되었다. 선생님들의 열정적이 가르침과는 반대로 나의 열정은 급격히 식어가고 있었다. 지금 그때를 생각하면 즐거운 기억이 별로 없다. 그저 힘들었다는 생각뿐이다. 고등학교 이과 공부를 시작하며 이건 아닌 것 같다는 생각이 차츰 들기 시작했다.

내 인생의 첫 단추는 어쩔 수 없는 현실 때문에 원치 않는 곳에 끼워졌다. 그 당시 나에게 그 궤도를 수정할 힘이 없었다. 그저 현실에 순응하며 하루하루를 무기력하게 살아갔다. 지금 단 한번 과거로 돌아갈 수 있다면 아버지와 대화 때이다. 그리고 나에게 한마디 만 해주고 싶다.

"네가 원하는 인생을 선택해. 그것이 결국 아버지가 소원하는 일이야."

"그 동안 네가 방황하는 모습을 결코 아버지는 원하지 않았을 거야."

내 자식들은 나와 같은 전철을 다시는 밟게 하지 않을 것이다.

2

방황의 시작

누구나 한번쯤은 방황을 한다. 나는 현실도피였다. 그래서 방황에서 소중한 경험을 얻지 못했다. 인생의 황금기 청춘을 허비했다는 회환이 든다. 아버지가 돌아가시고 집안의 가장이라 생각하며 살았다. 부모님의 희생을 보며 가장은 당연히 가족을 위해 희생해야 한다고 생각했다. 고3 화학 선생님의 이 한마디가 나의 대학진로를 결정했다.

"요즘 화학과가 취업이 잘된데."

이 말에 다른 생각도 없이 화학과로 지원서를 썼다. 빨리 취직을 해서 가정을 책임져야 한다는 생각밖에 없었다. 적성이나 꿈은 생각할 겨를이 없었다. 아버지가 돌아가시기 전 어머님에게 "무슨 일이 있어도 홍선이를 대학까지 마치게 해줘. 부탁이야 미숙애미."

라며 간절한 부탁을 남겼다. 평생 살림만 하신 어머님은 나를 대학 보내기 위해 자그마한 칼국수식당을 열었다.

1988년 3월 화학 선생님 말씀대로 취업이 잘되는 화학과로 대학을 갔다. 화학과가 좋은 이유는 딱 하나밖에 없었다. 과학생의 절반이 여자였다. 초등학교 3학년이후 여자와 같은 반인 적이 없었다. 처음에는 같은 강의실에 많은 여자동기들과 공부하는 것이 흥분 되었지만, 머리가 아플 정도로 적응이 되지 않기도 했다. 그래도 처음으로 집을 떠나 하숙생활을 하며 맞는 첫 대학생활에 설렜다.

하숙집 방 안, 3월초라 아직 밖은 캄캄한데 알람벨 소리가 요란하게 울린다. 5시 30분 알람을 끄고 일어난다. 머리는 깨질 것 같고 속은 메슥거리는 것이 토할 것 같다. 대학생활 2주째 어제는 한 학번 선배들의 신입생 환영회가 있었다. 신입생 다섯 명에 선배 한명씩 만나는 자리다. 분위기는 썩 좋지 않았다. 내 이름을 호명한 남자선배의 동공이 흔들렸다. 김홍선이란 이름이 여자인줄 알고 넣은 것이다. 신입생 환영회에 나오는 남자선배들의 목적은 여자 신입생들이었다. 내 덕분에 우리 조는 남자가 과반이었다. 선배들은 속상했는지 술을 많이 권하고 자신들도 많이 먹었다. 소주라는 것을 처음 먹어 보았다. 무척 썼다. 같이 있는 남자동기들은 소주가 처음이 아닌 눈치다. 다들 익숙하게 먹는다. 처음 먹는 티를 내고 싶지 않았다. 그래서 선배가 주는 술을 거절 없이 받아먹었다. 여자동기에게도 약한 모습을 보이기 싫어 많이 먹었다.

　숙취라는 것을 처음 느끼는 아침이다. 속이 심하게 메슥거린다. 깨지는 머리를 안고 일어나 도서관으로 나섰다. 5시 30분 겨울 패딩을 입었다. 새벽은 아직 겨울이다. 이미 도서관 앞에는 긴 줄이 있다. 여섯시에 도서관 문이 열리지만 원하는 자리를 차지하려면 이 시간에 나와야 한다. 곧 문이 열리고 다들 열심히 뛴다. 내가 원하는 자리에 덜렁 노트 한 권이 있다. '누가 어제 놓아두고 갔나?' 옆으로 밀어놓고 자리에 앉았다. 초점 없는 멍한 눈으로 전공책을 펼치고 응시한다. 그렇게 한 시간여를 책을 보다 일어나 하숙집을 향했다. 무얼 보았는지 머릿속에 남은 것이 없다. 그냥 아침부터 피곤하다. 그래도 하숙집으로 돌아오는 길은 무언지 모르게 마음이 뿌듯하다.

　잠깐 잠을 자고 식당에 갔다. 아버지가 돌아가시고 어머니는 "홍선아 앞으로 너를 남편같이 생각하고 산다."고 자주 말을 했고 의지했다. 대학 입학날 미리 올라와 하숙집에 짐을 풀었다. 태어나서 처음 집을 떠나니 조금은 두려웠다. 남편같이 나를 의지하던 어머니는 내색은 하지 않았지만 속으로 울고 있었다. 하숙집 아주머니 손을 붙잡고 잘 부탁한다고 통곡을 하며 내려갔다고 한다.

그래서인지 마음씨 좋은 하숙집 아주머니는 살뜰히 챙겨 주었다. 입이 짧았지만 아주머니의 음식은 잘 맞았다. 오늘 아침도 밥에 달걀 프라이를 놓아준다. 식탁 맞은편에 앉은 경영학과 4학년 경수 형은 우리 하숙집 신입생의 멘토. 대학생활의 궁금한 점뿐만 아니라 연애, 고민 상담도 자상하게 해주었다. 그런데 오늘 아침은 기분이 좋지 않은 표정이다.

"홍선아, 3월만 되면 신입생들 때문에 미치겠다. 취업 준비를 해야 하는데 도서관 자리를 잡지 못해. 심지어 오늘은 누가 자리 잡은 노트를 치우고 앉았단다."

얼굴이 화끈거리고, 밥 알이 목구멍에 탁 걸린다. 도서관은 일종의 불문율이 있었다. 4학년 취업준비생들이 가는 방과 자리는 웬만하면 양보하고 다른 자리부터 채운다는 것을 나중에 알았다. 그런데 어쩌겠냐? 통곡하고 내려가신 엄마를 생각하면, 매일 아침 의식처럼 도서관 자리 잡기를 해야 하루를 조금은 편한 숨을 쉬고 살 수 있기에. 참 인간은 이기적인 동물이다. 놀아도 편히 놀지 못하는 생활이 시작되었다.

인생의 가장 찬란한 대학 1학년. 그 당시 1, 2학년 때는 놀고 군대 갔다 와서 3, 4학년 부터 공부하자는 분위기였다. 신입생이 학년 초부터 도서관을 다니면 다들 이상한 눈으로 보았다. 동기들은 미팅을 하고 동아리활동을 하고, 놀러 다니며 대학 1학년을 만

낔하고 있었다. 나는 집안을 생각하면 그렇게 할 마음의 여유가 없었다. 아침 5시에 일어나 도서관 갔다가 저녁 10시에 가방을 찾으러 가는 것이 일상이었다. 강의가 비는 중간에 다들 놀러 가는데 나는 도서관을 향했다. 그냥 마음이 편해서다.

이왕 화학을 선택하였으니 열심히 공부하여 화학으로 성공하자고 마음을 잡았다. 나에게 롤모델인 고등학교 선배가 있었다. 대학원에서 박사과정을 끝내가는 선배의 실험실을 찾아갔다. 화학은 유기, 무기, 물리, 분석화학으로 전공이 나누어져있다. 일반인들이 흔히 생각하는 화학은 유기화학이다. 선배는 유기화학을 전공하고 있었다. 실험실 문을 열고 안으로 들어갔다. 처음 맡는 화학시약 냄새가 독하다.

'하루 종일 독한 시약냄새를 맡으며 생활하는구나.' 조금은 당황스럽다. 선배가 나를 반갑게 맞이해 주었다.

"홍선아, 화학과를 왜 지원했니?"

"아니 뭐, 취직이 잘된다고 해서." 얼굴이 화끈거린다.

"형, 어떻게 공부해야 화학으로 성공할 수 있는 거야?"

"어, 국내 유명대학원이나 해외 유학을 가서 박사학위를 받으면 연구소에 근무하거나 대학에서 교수로 재직할 수 있어. 2학년 때부터 전공에 들어가니까 대학원 생각이 있으면 1학년 마치고 군대를 갔다 와. 그럼 훨씬 도움이 될 거야."

선배가 있던 실험실은 유학을 가장 많이 간 실험실로 유명했다.

"선배, 이 실험실에 들어오려면 어떻게 해야 해."

"일단 학점을 잘 받아야 해. 그리고 그 해에 정원이 있어야 해. 1학년이라고 너무 놀지만 말고 공부도 열심히 해서 학점은 잘 받아두어라."

그 선배의 말은 앞으로 살아갈 인생의 로드맵이 되었다.

선배의 조언대로 1학년을 마치고 군대를 다녀왔다. 복학한 2학년. 전공강의실은 승강기가 없는 5층에 있다. 헐떡거리면서 5층을 올라오면 항상 숨이 턱까지 차오른다. 가장 좋아하는 유기화학 시간이다. 오늘은 stereochemistry(입체화학)을 배우는 시간이다.

"자 화학물의 구조는 하나는 위로, 하나는 아래로 향하는 입체적인 구조를 가지고 있어요. 이중 하나만 약이 되고, 나머지는 독이 됩니다. 자 화학물의 입체구조를 머릿속으로 그려보세요……."

여러 번 머릿속으로 그려보지만 쉽지가 않다. 머리는 아파오고, 입안은 마른다. 이런 일이 반복되니 가슴에 불안감이 엄습해 온다. 앞으로 전공하고 싶은 유기화학인데.

"오늘 한 챕터가 끝났으니 내일저녁 시험 봅니다. 준비 잘 하세요."

전공 시험은 범위가 많으면 힘들기 때문에 1강 끝날 때마다 시험을 본다. 매일 저녁은 전공시험의 연속이다. 도서관에서 유기화학 시험 준비를 한다. 아무리 열심히 공부를 해도 이해가 되질 않는다. 남들은 한 두 번 보면 될 것을 나는 다섯 번을 보아도 어렵다. 그래 그냥 외우자 생짜로 외워버린다. 그날 저녁 시험을 보았다. 결과는? 아! 외워서 될 일이 아니다. 또다시 절망감에 머리를 쥐어뜯는다. '화학이 나의 길이 아니구나. 아 어떡하지? 다른 길은 어떤 길이지? 방법은? 이제 바꾼다고. 겁난다. 그냥 조금 더 열심히 해보자. 열심히 해서 안 되는 일 있겠냐.' 머릿속이 복잡하다. 애꿎은 소주만 벌컥 들이킨다. 요즘 느는 것은 술밖에 없다.

이것이 방황인지도 몰랐다. 하려면 더 치열하게 고민을 했어야 했는데. 그냥 괴로워만 하고 현실을 도망다녔다. 선택하지 않은 삶의 폐해다. 단지 주변인으로 살았기 때문에 방황의 소중한 경험도 얻지 못했다. 잘하든 못하든 내가 선택한 삶이 얼마나 중요하고 소중한지 절실히 느낀 때였다. 내가 선택하지 않는 삶은 잃어버린 시간들이 되었다.

3

이건 아닌데

복학 후 2학년 1학기를 정신없이 보냈다. 도서관에서 하루 종일 살았다. 2학년. 첫 전공과목을 들어가는 학기라 최선을 다했다. 그리고 처음으로 장학금을 받았다. 엄마의 고생에 조금이라도 보탬이 된다는 생각에, 처음으로 가장 노릇을 한데 뿌듯함을 느꼈다. '그래 적성에 안 맞는 것이 어디 있냐? 그냥 열심히 하다보면 맞겠지, 열심히 해보자.' 자신을 격려하며 다음 학기를 맞이했다.

학년이 올라갈수록 첩첩산중이다. 3학년 전공과목(유기화학, 물리화학, 분석화학, 무기화학, 양자화학)이 많아질수록 점점 숨을 막혀온다. 장학금을 받아 생긴 자신감은 더 이상 찾아 볼 수가 없다. 유기화학강의가 끝난 강의실. 시험날짜를 정하기 위해 다들 모였다.

전공 한 과목당 여섯 번의 시험을 보니 다섯 과목이면 한 학기에 삼십 번 시험을 본다. 보통 강의가 끝나고 저녁에 본다. 40명이 일정을 맞추기가 쉽지 않다. 복학생과 현역 여학생의 의견충돌이 많았다. 과대표가 조정에 나선다. 30분에 걸쳐 다수의 합의에 이른다. 그러면 꼭 한두 명의 여학생이 태클을 건다.

"그 날은 안 돼요."

"왜 안 되는데?"

"저는 그날 종교동아리 모임이 있어서 안 돼요."

"아니 다수가 합의를 했고, 전공시험이 먼저지, 동아리가 먼저니?"

과대표가 격노한다.

"나한테는 전공시험보다 종교 동아리가 더 중요해요, 종교생활을 탄압하는 거예요?"

앙칼지게 말을 한다. 지금까지의 합의가 다 수포로 돌아가는 순간이다. 뒤에서는 의자를 던지고 막말이 난무한다. '아! 선배 말이 싸우다 정든다고 하더니, 미운 정들겠다. 지겹다 지겨워' 어렵게 다시 일정을 정한다. 화학과 3학년의 일상이다. (이렇게 싸우다 실재 커플이 많이 생긴다.)

양자화학 시간이다.

"자 지금부터 아이슈타인의 상대성 이론입니다. 뉴턴의 고전물

리학을 재정립한 이론입니다. E = MC^2 라는 공식이죠.”

'아! 물리가 싫어서 화학을 선택했는데…….' 열심히 이해하려고 노력을 한다. 선배가 학점을 잘 받고 볼일이라고 하지 않았던가. '화학에 정을 붙여야 하는데.'

“원자의 위치와 시간은 동시에 정할 수 없습니다. 이것을 수식으로 증명해 보겠습니다.”

칠판은 양자역학의 수식들로 가득차고 있다. 숨이 막혀온다. 점점 더 깊은 수렁에 빠지고 있다. 이게 아닌데, 이게 아닌데.

“양자화학은 시험을 일곱 번 봅니다. 끝까지 포기하지 않기 위해 1차 시험은 100점, 2차 시험은 200점, 마지막은 700점입니다. 막판뒤집기가 있으니 포기하지 말고 열심히 하세요, 시간은 무제한입니다.”

교수님은 참 인자하고 좋지만 과목은 잔인하다.

양자화학 마지막 시험이다. 저녁 일곱 시 시험 보는 강의실만 환하게 불이 켜져 있다. '이게 무슨 짓이냐? 남들은 강의 끝내고 갔는데.' 시험공부를 하느라 저녁도 먹지 못했지만 배고픈 줄 모르겠다. 시험문제가 배포된다. 앞서 여섯 번의 시험을 못 보았기 때문에 이번에 잘 봐야 한다. 마지막 시험이 700점이기 때문에 이번만 잘 보면 만회가 된다. 시험문제는 100여개. 한 시간이 지나니 하나 둘씩 자리를 뜬다. 두 시간이 지났다. 10명 정도 남아있다. 네 시간째 앞에 푼 답안지 10장이 쌓여있다. 혼자다. 시험 감독 하는 조교가 많이 지쳐 보인다. 아는 문제가 많이 남았지만 한계다. 눈물을 머금고 일어나는데 다리가 움직이지 않는다. 주먹으로 허벅지와 종아리를 한참을 두드리고 나서야 일어날 수 있었다. 조교의 밝은 눈빛을 마주하고 밖으로 나왔다. 10월의 밤은 제법 쌀쌀하다. 배에서 꼬르륵 소리가 난다. 아! 저녁을 못 먹었지. 항상 시험이 끝나면 과원들과 학교 앞 단골 닭갈비집에서 저녁 겸 소주를 한잔한다. 닭갈비집으로 갈까, 그냥 기숙사로 갈까? 몸이 저절로 기숙사로 향한다, 조금 걸으니 다리는 괜찮아진다. 갑자기 3학년 1학기 때 학점이 모자라서 얼떨결에 선택한 신방과의 '대중 매체의 이해'의 강의를 듣던 때가 생각난다. 얼굴에 미소가 번진다.

3학년 초 교양학점이 모자라 수강신청을 해야 했다. 갑자기 급한 일이 생겨서 다른 과원한테 교양과목신청을 부탁했다.

"네가 신청하는 거 같이 해죠?"

나중에 신청내역을 보니 신방과 3학년 전공인 '매스 미디어의 이해'이었다. 당황했다.

"왜 이걸 신청했어?"

"신청할게 그것밖에 없었어?"

이 친구도 신방과 전공인 것을 모르고 신청했다. 학점을 신경 쓰는 나는 '다른 과 전공이면 학점이 안 좋을 텐데' 걱정이 앞섰다. 첫 교시 교수는 전혀 관계가 없는 화학과 3학년이 5명이나 앉아 있으니 적잖이 놀랜다.

"자네들은 어떤 이유로 이 과목을 신청했지?"

"네 교수님, 평소에 관심이 많아서 신청했습니다."

넉살좋은 친구가 대답을 한다. 교수님은 허허 웃으면 기분 좋은 표정을 짓는다.

매주 인문대에서 듣는 강의는 너무나 재미있었다. '매스 미디어의 속성, 사회에 끼치는 영향과 그 과정, 그리고 수용자인 개인에게 어떻게 영향을 미치는가?'가 주 내용이었다. 세상과 격리된 화학을 공부하다가 들어서인지 신방과의 '매스 미디어의 이해'는 힘든 화학공부 중 오아시스 같은 존재가 되었다. 마음속 깊은 밑바닥에서 무언가 꿈틀거리는 것을 느낀다. '재미있는데……'

인문대라서 그런지 참 여유가 있다. 시험도 중간, 기말고사 두 번만 본다. 여기는 술 먹고 토론하는 것이 공부라고 하니 부럽다. 중간시험을 보았다. 성적이 신방과 학생들보다 더 잘 나왔다. 교수님은 전공 학생들을 질책하며 칭찬해 주었다. '과목이 재미있으니, 공부를 전공처럼 하지 않아도 성적이 이렇게 잘나오는구나.'

나는 천생 문과생이구나. 왜 갑자기 그때가 생각나지? 사람은 자기가 하고 싶은 것을 하고 살아야 하는데. 신방과 수업을 수강한 후로는 마음이 복잡해졌다. '이건 아닌데 이건 아닌데.' 화학과 공부가 힘들어 질수록 왜 자꾸 그때 들은 강의가 생각나지? '내가 왜 화학과를 선택했지?', '그래 취업이 잘된다고 했지?' 과연 화학으로 평생 밥을 먹고 살수가 있을까? 지금도 힘든데 평생을 할 생각을 하니 끔찍했다. 그런데 어떻게 하겠는가? 20대 초반의 나는 이 잘못된 궤도를 바꿀 수 있는 용기가 없었다. 집안 형편을 핑계 삼아 현실의 도피를 한 것이다. 그동안 부모가 정해준 길만을 20여 년 동안 걸어왔다. 막상 진로에 대해서 스스로 결정을 하려니 두려웠다.

청춘은 실패가 용인되는 시간이라고 했던가. 내 청춘은 실패가 두려워서 바보 같이 맞지 않는 길을 계속 걸어갔다. 그래서 나에게 청춘은 없다. 그저 현실에 충실하면서 살았다. 학년이 올라갈수록 미래에 대한 고민은 깊어질 수밖에 없었다. '네가 원하는 삶을 살고 싶니?' 하루에도 몇 번씩 던지는 질문이었다. 갈망했다. 내가 선택한 원하는 삶. 하지만 실패에 대한 두려움을 이기지 못했다.

4

대학원과 편입

3학년 겨울방학. 매일 전공 시험에 일 년이 언제 지나갔는지 모르겠다. 이제 4학년이다. 다들 마음이 바쁘기 시작한다. 방학 때마다 어머니 식당일을 도왔는데 이번 겨울방학에는 내려가지 않았다. 졸업 후 생각에 마음이 복잡하다. 적성에 맞지 않는 것을 잘 알지만 현실에 순응하면 살아왔다. 직감적으로 잘못된 길을 바꿀 마지막 기회라는 것을 안다. 도서관에서 살았다. 취업상담실에도 기웃거리고, 취업책자도 가져와서 뒤척인다. 갈등의 연속이다. 취업을 할 것인가, 대학원을 진학할 것인가. 마음은 화학과 인연을 끝내고 싶지만 3년 동안 취업준비를 한 것이 없다. 가슴이 답답하다. '이건 아닌데 하며' 세월만 보냈다. 마음은 취업을 해서 어머니의 고생을 끝내주고 싶었다. 이런저런 생각으로 밤에 잠을 이룰

수 없다. 오늘은 대학동기 광현이가 변리사를 준비한다고 한다.

"홍선아, 같이해 볼래, 전공도 살리면서 법률공부를 추가하면 돼. 내일 강남 변리사학원을 갈려고 하는데 같이 가보자."

귀가 솔깃하다. 내가 그렇게 하고 싶은 법률공부를 할 수 있다니 그동안 나는 왜 몰랐을까? '그동안 무엇을 하며 보낸 거야.' 마음이 오락가락한다.

4학년 1학기가 시작되었다. 3학년 때 전공과목을 많이 마쳐서 조금 수월하다. 각자 취업준비로 바쁘다. 예전에도 취업전쟁은 마찬가지였다. 겨울방학 동안 고민을 하다가 대학원이라는 도피처를 선택했다. 화학을 좋아서 대학원을 선택했으면 좋았을 텐데…….

어떻게 어머니에게 얘기를 꺼내지? 4년 고생한 것도 미안한데. 속초로 내려갔다. 엄마의 식당은 바닷가 인근이다. 홀에는 탁자가 4개, 방이 1개 있다. 길 건너에는 1, 2층의 큰 규모의 갈비집이 있었다. 어머니가 이 식당을 시작할 때 계속 망했던 자리라 다들 말렸다고 한다. 선택의 여지가 없었다. 가진 돈이 많지 않아서 가장 저렴한 식당을 찾은 것이다. 매일 어깨가 빠지도록 칼국수를 밀어서 팔았다. 엄마의 음식솜씨 덕분에 금방 소문이 나서 빠르게 자리를 잡았다. 그리고 방학 때마다 내려가서 서빙을 도우니 다들 기특해하며 많이들 도와주셨다.

어머니와 마주앉았다. 부르튼 손이 눈에 띈다. 겨울에 돈을 아끼다고 온수기 없이 매일 찬물에 맨손으로 수많은 설거지를 했다. 손은 동상으로 부르터 감각이 없다. 또한 칼국수를 매일 밀어서 부르튼 손가락의 뼈가 옆으로 튀어나와 있다. 여름에는 불구덩이 속에서 혼자 칼국수를 끓이느라, 목 부분은 아직도 붉은색 화상자극이 선명하다. 머리와 옷은 매일 칼국수를 만드느라 밀가루가 하얗게 묻어있다. 아직도 엄마는 나를 보면 '남편삼아 의지하고 산다.'고 한다. 입이 떨어지질 않지만 어렵게 말을 꺼냈다.

"엄마, 대학원에서 2년 더 공부하고 싶어."

갑자기 엄마는 목이 멘다.

"홍선아, 너 하고 싶은 데로 해. 엄마는 네가 고생하는 것이 더 안쓰럽다."

매학기 아슬아슬하게 등록금을 마련하는 것을 잘 알기에 목이 메어서 말을 할 수가 없다.

속으로 되뇐다. 참 나는 이기적인 인간이다.

4학년 2학기 대학원 실험실로 들어갔다. 대학원 진학을 생각하는 학생은 보통 3학년 때 원하는 실험실로 들어간다. 좀 늦었다. 유기화학실로의 첫 출근. 실험실 막내가 하는 일은 소위 와싱(설거지)부터 한다. 화학약품으로 합성을 하는 유기화학 실은 실험기자재가 대부분 유리로 되어있다. 그래서 한번 실험이 끝나면 초자(유리)기구가 산더미같이 쌓인다. 싱크대에서 세척을 시작한다. 실험 용량이 워낙 미량이라 초자기구도 아주 작다. 브러시를 넣고 세척 하기가 만만치 않다. 벌써 2개를 깨뜨렸다. 세척이 끝나면 꼭 선배 의 확인을 받아야 한다. 혹여나 잔여물이 있으면 다음 실험할 때 치명적이다. 그래서 실험실의 모든 일은 섬세해야 한다.

4학년 기말고사가 끝나고 본격적인 대학원 생활을 시작했다. 선배 지도를 받으며 실험을 했다. 처음으로 실험실이라는 사회에 소속되었다. 학부를 다닐 때와는 천양지차다. 그렇게 좋았던 지도 교수가 갑자기 세상 깐깐한 사람으로 변해있었다.

"선배 어떻게 사람이 저렇게 변할 수 있어?"

"홍선아, 사십대 일과 일대일이 같냐? 지도교수 성격을 앞으로 진하게 겪을 것이다."

이말 무슨 의미인지 그때는 몰랐다. 험난한 대학원생활이 시작 되었다.

실험실생활을 시작한 지도 여러 날이 지났다. 하루에 실험하나 를 끝내고 결과를 보려면 아침부터 서둘러야 한다. 그래서 점심시 간도 따로 없다. 실험 중에 잠깐 나가서 빨리 먹고 와야 했다. 하루 일과는 아침에 망치로 드라이아이스를 깨는 것부터 시작한다. 실 험은 보통 영하 15도 이하에서 진행한다. 반응 용량은 0.1ml 이 하 극미량이다. 시약이 한 방울만 더 들어가도 실험은 제대로 되지 않는다. 실험실에 들어와서 '손이 거칠다'는 소리를 처음 들었다. 내가 하면 안 되던 실험이 다른 사람이 한 면 된다. 그러면 지도교수 말이

"홍선아, 네가 손이 거칠어서 그래." 은근히 스트레스가 쌓인다.

'손이 떨린다. 배스에 드라이아이스를 채우고 온도를 −35도까지 낮춘다. 그리고 플라스크에 반응시약을 마이크로실린지(주사기)로 극미량 주입한다. 조금만 더 들어가도 반응은 제대로 진행되지 않는다. 시약을 넣는 손이 떨린다. 냄새가 코를 찌른다. '휴 반응이 잘 가야 할 텐데' 긴장의 연속이다. 매일 아침 실험결과를 교수가 체크한다. 지도교수는 모교출신 선배다. 후배에 대한 애정이 남달랐는지 학생들을 심하게 볶는다. 완벽주의자인 교수를 상대하기가 벅차다. '내가 잘하면 되지'하며 하루하루를 지냈다. 선배가 졸업하고 3학기부터 지도교수와 부딪침은 계속되었다. 대학원을 그만둔다고 1주일을 집에 내려간 적도 있었다. 위태롭게 하루하루가 지나가고 있었다.

입사 3년차 1997년 IMF의 충격은 근무하는 연구소도 빗겨가질 못했다. 구조조정이 시작되었다, 그동안 평생직장이라고 다니던 인식이 바뀌는 순간이었다. 동기와 다른 연구원들의 눈빛이 달라지고 있었다. '내 살길을 준비해야겠다.' 두 가지로 나뉘었다. 대

학으로 돌아가 박사학위를 하던가, 의, 약대 편입준비나 변리사준비를 했다. 더 이상 화학에 미련이 없어서 의, 약대 편입준비를 시작하였다. 이때 20대 후반이었다. 인생에 가장 좋은 시절 미래에 대한 고민으로 새로운 공부를 시작했다. 일말의 후회는 없었다. 드디어, '내 삶을 내가 선택을 하는구나.' 주경야독을 해야 하는 힘든 일상의 예상되었지만 묘한 흥분이 일어났다. 일과를 끝내고, 강남의 편입학원에서 강의를 듣고 집에 돌아오면 12시가 다 된다. 출퇴근 시간이 3, 4시간이다. 출퇴근만으로도 피곤한데 일과 후 편입공부까지 하려니 버겁다. 주말은 도서관에서 공부했다.

"야 홍선아 그냥 편하게 살아라. 무슨 영화를 보겠다고 이 나이에 고생을 하냐?"

주위에서는 편하게 살라고 한다. 그런데 힘들어도 화학을 끝내고 원하는 인생을 살 희망을 버릴 수가 없었다. 연애도 하고 결혼도 생각해야 할 나이, 원하는 인생을 살기 위해 발버둥을 치고 있었다. 아침에 출근하면 동기뿐만 아니라 다른 연구원들의 얼굴에 피곤한 기운이 역력하다. 다들 저녁에 무슨 준비들을 하고 있는지? 이시기 나뿐만 아니라 대한민국 모든 직장인들의 고민은 같았으리라 생각된다. 입사 후 나의 고민이 자발적인 동기보다는 IMF라는 외부적인 요인에 의해 행동으로 나서게 되었다. 이후 몇 년간의 일상은 직장 퇴근 후 편입준비를 하는 쳇바퀴 돌기가 계속

되었다. 유일한 휴식은 주말, 저녁을 먹으며 맥주 한잔 하는 것이었다.

늦은 나이지만 원하는 삶을 위해 치열하게 보낸 시간. 화학에 대해 진절머리는 역설적으로 원하는 삶을 선택하게 하는 원동력이 되었다. 힘들지만 자신이 선택한 것을 하는 맛을 처음 느꼈다. 조연에서 주인공의 삶으로 변하고 있었다. 그 차이는 강력했다.

5

행복을 찾아서

　대학원 생활을 시작한지 두 달이 지났다. 매일하는 실험은 극미량수준이라 매우 섬세해야 했다. 성격이 급한 나는 적응하기 힘들었다. 손에 익기까지 실수의 연속이다. 매일 지도교수에게 혼이 났다. 스트레스는 임계치를 향하고 있었다. 그나마 저녁마다 술로 풀었다. 그즈음 고등학교 친구 철규가 찾아왔다. 친구는 의경을 제대하고 복학을 준비하고 있었다. 오랜만에 봐서 무척 반가웠다.

　"홍선아, 요즘 힘들지. 나랑 같이 일주일만 갔다 오자. 거기 다녀오면 행복해진다. 후회 없을 거야."

　느낌이 쎄하다.

　"야 인마 너 이상한 사이비종교 같은데 다녀온 거지? 나는 관심 없다."

냉정하게 대답했다.

"홍선아, 내 얼굴을 자세히 봐. 내가 거짓말 하는지. 나는 다녀온 뒤로 이렇게 행복할 수가 없다. 얼굴은 거짓말 못하는 거야. 자세히 봐."

대학원 생활을 시작하고 한창 힘들 때였다. 철규 얼굴을 자세히 보니 행복해 보이는 듯 했다.

아니 그렇게 보고 싶었는지 모른다.

"알았어. 생각해 보고 연락할게. 내일보자."

한창 탈출구를 찾고 있는 때라 반쯤은 마음이 동한 상태다. '다녀오면 행복해 진다고 하질 않나.' 처음으로 행복을 생각했다. 그 전에는 '힘들지 않으면 행복'이라 믿었었다.

별로 고민을 하지 않았다. '행복해 진다는데 한번 가보자.' 마음은 이미 그곳을 향하고 있었다. 지도교수한테는 적당한 핑계를 대고 출발하는 아침. 나만 가는 줄 알았는데 철규는 형님과 형수, 정신과치료를 받는 사촌형까지 같이 왔다. 철규가 준비한 차를 타고 출발했다. 차는 원주 시내를 지나 산골짜기로 깊숙이 들어갔다. '어 너무 들어가는데' 조금 찜찜할 때 도착했다. 입구 쪽에 간판이 크게 보인다. 기억이 가물거리는데 '무슨 왕국'이었던 것 같다. 들어가니 반갑게 맞이해 주면서, 나를 '왕자님'이라고 부른다. 여자는 '공주님'으로 부르고. 갑자기 섬뜩하다. '아 사이비종교 같다, 어떻하나?, 바로 돌아갈까' 철규녀석은 내 눈치만 본다. 잠시 갈등했지만 실험실로 다시 돌아갈 생각을 하니 '그래 이왕 왔으니 하루만 지내보자' '정말 행복해 질수도 있을 수도 있지 않나?' 이런 생각이 올라온다.

하루의 일과는 아침 6시에 시작했다. 일어나서 식사시간을 빼고는 하루 종일 앉아서 설교를 들었다. 기존 안식일 교단에서 나와 만든 단체인 것 같았다. 음식은 고기는 없고 모두 야채다. 만나는 사람들, 일하는 사람들의 표정이 순수해 보인다. '내 걱정이 기우였나. 며칠 지내보자' 그날 저녁에 첫 설교에 참석했다. 기존교단에서 나와 순수한 하느님의 말씀대로 살려고 시작했다고 한다. 설교는 진정성이 느껴진다. 허름한 간이건물 강당인데도 사람들이 꽉 들어차 있어 적잖이 놀랐다. 다들 나름 삶이 고달파서 왔는지 간절한 표정들이다. 첫날부터 나만 겉도는 것 같았다.

다음날부터 본격적인 설교가 시작되었다.

"매일 기도를 하세요. 하느님은 응답을 내려 주십니다. 형제, 직업을 버리는 것을 두려워하지 마세요."

"하느님의 말씀대로 사세요. 어디서, 어떻게 살지 다 말씀을 내려 주십니다, 그대로 따르기만 하면 됩니다. 나를 보세요. 하나님의 말씀대로 살아 이렇게 되었습니다."

나만 처음인가 보다. 주위에는 아멘 소리가 넘쳐난다. 철규는 눈물까지 흘리며 모은 두 손을 떨고 있다. 나만 멀뚱멀뚱하다. '모든 것을 버리라니.' 나와 생각이 같은 철규 형과 쉬는 시간에 이야기를 했다.

"홍선아, 공기 좋은데 일주일 휴양 왔다고 생각하자. 설교는 신경 쓰지 말자. 말이 안 된다. 모든 것을 버리라니."

그 다음날도 설교의 내용은 비슷했다. 자신의 경험을 위주로 하느님의 기적을 이야기한다. 미동도 하지 않는 나의 모습에 철규 얼굴은 굳어간다. 점심을 먹고 우연히 부산에서 약사를 하다가 왔다는 남자와 이야기를 나누었다.

"나는 부산에서 약사를 하고 있었어요. 돈을 많이 벌었지만 행복하지 않았어요."

"이곳을 알게 되었고 여러 번 설교에 참석하면서 행복해지기 시작했어요. 그리고 기도를 하니까 하느님이 응답을 주시는 거예요."

"하느님 말씀대로 약국을 정리하고 알지도 못하는 강원도 고성으로 갔어요. 빈집이 있었고 그곳에 자리 잡았어요. 매일 휴지를 팔아도 너무 잘 팔려요. 약국을 하면서 느끼지 못한 벅찬 행복을 느끼고 있어요."

"주위에서 말리지 않았어요? 가장이신데."

"약국을 정리한다고 하니까 다들 미쳤다고 했지."

"참 대단하시네요. 행복을 위해 모든 것을 버리시는 용기가. 저는 죽었다 다시 태어나도 못합니다."

부산의 약사는 무척 답답해하시면서 비유적으로 말을 한다.

"왕자님 대학 4학년 때 취업준비를 하잖아. 그럼 여러 회사에 합격을 했는데 어느 회사를 선택할거야?"

"그야 조건이 더 좋은 곳으로 선택하죠."

"맞아, 나도 똑같아. 미쳤다고 그 잘되는 약국을 정리하고 고성의 폐가로 와서 살겠어."

"그게 나한테는 약국을 할 때와는 비교할 수 없는 만큼 행복하기 때문이야."

직접 체험을 했다는 사람에게 들으니 마음이 흔들린다. 뒤돌아서며 '아 이래서 사이비종교에 넘어가는 구나' 하는 생각이 들었다. 이렇게 많은 사람들이 자신의 행복을 위해 직업도 버리고 하느님의 말씀대로 산다는 것이 충격이었다. 내가 어려서 그런가, 지금까지 행복에 대해서 이렇게 진지하게 생각해 본적이 없었다. 새로운 경험을 하고 있었다.

4일째 되는 아침 오늘은 가야겠다고 생각을 했다. 도저히 이 종교를 따를 수가 없었다. 술, 고기도 먹으면 안 되고, 하느님의 부름을 받으면 홀연히 다 버리고 떠나란다. 오는 날부터 아침마다 돌아갈 생각을 했다. 아침설교 시간

"여기 찾아오신 여러분은 하느님의 선택을 받은 사람들입니다."

"선택을 못 받은 사람들은 다시 구원을 받을 수 있으나, 한번 선

택받은 사람이 구원을 거부하면 더 이상의 구원은 없습니다."

'더 이상 구원이 없다고! 아 조금 겁나네. 이왕 이틀 남았는데 마저 듣고 가자!'

다시 일과를 시작했다. 그나마 지금까지 있은 것은 철규형과 생각이 같아서였다. 쉬는 시간 둘은 설교에 대해 말도 안 되는 소리라며 서로를 위안해 주었다. 그런데 그 형이 같이 점심을 먹다가 갑자기 벌떡 일어나서 무릎을 꿇고 외친다.

"아! 하느님의 이 거대한 뜻을 이제야 알겠습니다. 하느님 감사합니다."

등골이 서늘하다. 이제 혼자다! 순간 알 수 없는 공포가 밀려온다. '혼자 얼마나 버틸까?', '무언가가 있긴 있는가?' 일주일간의 설교는 끝나고 철규와 헤어지며 잘 기도하마 약속을 하고 돌아왔다. 며칠 지나지 않아 과동기한테 내가 사이비종교를 다녀와서 사람이 이상하게 변했다는 소문이 파다했다. 좋아하는 술, 고기도 안 먹으니 이상하게 보였나보다. 동기들의 장난기 어린 닭갈비와 소주한잔의 유혹에 다녀온 지 보름 만에 기도는 끝을 맺었다.

두 달 후 대학 졸업식이 있었다. 어머니는 속초에서 음식을 직접 만들어 왔다. 4년 고생의 결실을 보는 날이다. 졸업식을 끝내고 기숙사 방에 축하하러온 동기 10여명이 모였다. 엄마의 음식을 안주로 밤새 졸업을 축하하며 마셨다. 새벽녘에 하나둘씩 쓰러졌다.

아침결 밖에서 노크소리가 들렸다. 문이 열리고 잠시 정적이 흐르더니 '크~~' 외마디 비명소리가 들린다. 방안은 수십 병의 술병이 난무하고, 남은음식들이 펼쳐져 있다. 깨우는 소리가 철규다. 그동안 잘 지키고 있는 줄 알았던 친구는 충격을 많이 받은듯하다. 미안해서 눈을 뜰 수가 없다. 잠시 앉아 있다 나간다. 서둘러 동기들을 보내고 방을 깨끗이 치웠다. 점심때 다시 왔다. 그리고 한마디를 한다.

"홍선아, 아침에 왔다가 나가서 기도를 하니 하느님이 응답을 주셨어."

"하느님이 뿌린 씨앗은 옥토에 떨어 질수도, 돌밭에 떨어질 수도 있어. 너의 씨앗은 돌밭에 떨어진 것이야."

한마디 하고 간다. '그래 내 행복의 씨앗도 처음부터 옥토에 떨어졌으면 좋았을걸. 돌밭에 떨어져서 이렇게 고생을 하는구나.'

지금은 생각이 많이 바뀌었다. '행복의 씨앗은 내가 뿌리고 가꾼다. 그것이 비록 돌밭에 떨어지더라도, 내가 뿌렸으니 감사히 가꾼다.' 일주일간 기도원 경험은 진지하게 삶을 되돌아보는 계기가 되었다. 엄마의 고생과 원치 않은 전공. 이 두 가지 강박에 묶여있는 나를 보았다.

앞으로 어떻게 살까? 목사의 설교와는 상관없이 '하느님의 의지가 아닌 내 의지로 삶을 살아야 할 텐데.' 라는 생각이 간절했다.

6

어머님의 희생

누구나 어머니를 생각하면 가슴 한편이 아린다. 나를 낳기 전에 유산을 두 번이나 했다고 한다. 아들을 못 낳는다는 구박을 받다가 낳으니 그렇게 좋을 수 없었다고 한다. 어릴 때부터 엄마는 내가 원하는 것은 모두 다 해주었다. 그냥 보고만 있어도 좋으셨다고 한다. 그래서 어머니와는 사이가 각별했다. 어릴 때는 아버지의 존재가 그렇게 크게 느껴지지는 않았다.

70년대 아버지는 통장을 하고 있었다. 그래서 우리 집은 동네 사랑방이었다. 그 시절 속초는 아직 시골이라 보릿고개라는 것이 남아있었다. 동네사람들이 식사를 거를 때면 꼭 우리 집으로 와서 해결하곤 했다. 부모님은 항상 남에게 베푸는 것을 좋아했다.

그 당시 새마을운동은 속초에도 진행되었다. 마을길을 넓히고 정비하기 위해 정부에서는 시멘트 등 재료를 지원해 주었다. 그러면 건설은 마을사람들이 하였다. 부모님은 매일 마을을 정비하는 사업을 열심히 하셨다. 물론 끝나면 동네사람들 식사는 우리 집에서 해결했다. 원래 허약한 어머니는 과도하게 새마을 사업을 하다, 허리가 망가져서 서울의 대학병원에서 3차례나 디스크 수술을 받았다. 그리고 3년간의 재활기간을 거쳤다. 그 이후 일을 하면 무척 힘들어했다.

3년간 아버지의 암 투병은 우리 집을 피폐하게 만들었다. 아버지가 돌아가신 때 돈을 버는 사람은 농협에 취직한 누나뿐이었다. 어머니는 '어떻게 사나?' 매일 뜬눈으로 밤을 지새웠다. 그러다 자그마한 칼국수 식당을 열었다. 디스크 환자인 어머니한테는 버거운 일이었지만 이것, 저것 가릴 때가 아니었다. 처음 하는 식당을 혼자 시작했다. 그래서 칼국수 배달을 나가면 항상 뛰어서 들어왔다. 식사시간이 따로 있는 것도 아니니 짬이 나면 급히 식사를 해결하거나 지나가는 것이 다반사였다.

1학년 여름방학. 친구들은 속초에 내려와서 열심히 놀려 다녔다. 식당을 도와주어야 했기에 친구들과 어울리지 못했다. 아침부터 끝날 때까지 서빙과 배달을 하였다. 그나마 방학 때 어머니는 고생을 더는 시간이었다. 스무 살 어린 나는 그런 현실이 너무 짜증이 났다. 식당일을 도우면서 머리로는 어머니의 고생을 이해하지만, 가슴으로는 짜증과 불만이 가득 차 있었다. 하루는 음식 재료가 떨어져 급히 사와야 했다. 거리가 떨어진 중앙시장을 자전거를 타고 갔다. 재료를 사서 싣고 줄로 묶었다. 자전거에 싣기에 양이 많다. 조심해서 자전거를 타고 오고 있었다.

식당이 앞에 보인다. 그때 실었던 생선이 떨어지며 사방으로 흩어졌다. 한여름 작열하는 태양은 생선 비린내를 잔인하게 사방으로 퍼지게 한다. 지나가는 사람들이 코를 막고 간다. 머릿속이 하예지고 서늘한 한기에 온몸이 소름 돋는다. 눈앞의 현실을 부정했다. '아니야, 아니야 나한테 일어난 일이 아니야……' 숨은 거칠어지고 심장 뛰는 소리가 선명히 들린다. 미끈거리는 생선을 맨손으로 검은색 비닐봉지에 간신히 주워 담았다. 얼굴은 붉다 못해 창백해 졌다. 식당으로 들어와서 생선을 거칠게 집어던졌다.

"아니 택시를 타고가면 될 것을 얼마나 아낀다고 자전거를 타고 가래?"

"넘어졌잖아. 온몸에서 생선 냄새가 나!" 분노에 차서 소리를 홱 질렀다.

"홍선아, 괜찮니?"

어머니는 놀랜 눈을 하고 지켜본다. 이 현실이 너무나 화가 났다. '친구들은 다들 모여서 당구도 치고, 술도 먹고 하는데 지금 뭘 하고 있는 거야.' 갑작스럽게 올라온 분노는 이성을 마비시켰다.

집에 와서 샤워를 하고 화가 가라앉았다. 가게로 다시 갔다. 문을 열려고 하는데 엄마의 울음소리가 들린다. 문고리를 잡은 손을 내려놓았다. '아하! 내가 지금 무슨 짓을 한 건가?' 한참을 밖에 있다 들어갔다. 엄마는 운 내색을 하질 않는다.

"엄마 미안해 아까는 내가 너무 화가 나서?"

"홍선아 나는 택시비 아끼려고 매일 시장에서 머리에 이고 들고 버스타고 다녔어."

"어떤 버스기사는 비린내 난다고 나를 보면 서지도 않고 그냥 지나간 것도 많았다."

"그래도 내 정신은 어떠하든 너희를 먹여 살려야 한다는 생각밖에 없어, 그때는 허리가 아픈 줄도 몰라." 눈앞의 초점이 흐려진다. 아무리 어려도…….

어머니의 식당은 바닷가 인근에 있어서 해양경찰 직원과 선원들이 많았다. 손님 중에는 험한 바다를 상대해서 인지 거친 뱃사람들이 힘들게 했다. 이들을 엄마 혼자 상대하기 벅찼다. 특히 술을 먹고 나서는 손 쓸 수 없는 사람이 많아 한 사람당 술 한 병 이상은 팔지 않았다. 종종 어머니를 힘들게 하는 일이 발생한다. 술을 더 먹고 싶은데 팔지 않으면 거친 선원은 입에 담지 못할 거친 말이 쏟아져 나온다.

"이 시팔, 과부 년이……."

처음에 부들부들 떨면서 그 모진 욕을 다 받아냈다. 그리고 더 이상 참지 못하면 슬며시 가게밖에 나가 가기를 기다린다. 그 진상은 자신의 분풀이를 다하고 가버린다. 돈 받을 엄두를 못 낸다.

가게 밖에 있다가 단골손님이라도 만나면

"아니 사장님 왜 나와 있어요?"

"안에 손님이 주정을 너무 심하게 부려서?"

그럼 단골손님이 들어가서 술 취한 손님을 보내주곤 한다. 그런데 신기하게 방학 때 내가 내려와 저녁에 서빙을 보면 그런 손님은 하나도 없다. 어머니는 웃는다.

오징어 배는 한번 바다로 나가면 한 달 정도 조업을 한다. 조업을 떠나는 아침은 선원과 선장이 하루 종일 숨바꼭질을 한다. 아침 식당 안이다. 네 개의 테이블에 앉은 손님 중 한 테이블 손님이 유독 눈에 띈다. 오늘 조업 나가는 오징어배 선원이다. 된장찌개를 시켜서 식사를 하며 반주로 소주 한 병을 시킨다. 맥주잔에 한 병을 다 붓는다. 정확히 한잔이다. 식사를 하며 맥주잔의 소주를 한번에 가볍게 들이킨다. 시뻘게진 얼굴로 혼자 독백을 한다.

"아, 엄마가 공부하라고 할 때 공부를 할 걸. 배타기가 죽기보다 싫다."

이런 선원은 조업을 나가는 날 아침 소가 도살장에 끌려가듯 죽기보다 싫어 도망 다닌다.

식사 후 나간다. 잠시 후 선장이 찾아온다.

"사장님, 저희 선원 여기 왔었나요?"

"방금 전에 식사하고 갔어요."

"오늘 배 나가야 하는데 이놈 때문에 출항을 못하고 있어요. 어
휴 잡히기만 해봐라."

선장은 잠시 전에 나갔다는 말을 듣고 속초 시내를 이 잡듯이
찾아다닌다.

그날 저녁 식당 안은 손님들로 북적거린다. 한 손님이 들어온다.
아침에 본 그 선원이다. 오늘 출항했을 텐데. 조용히 앉아서 생선
찌개와 소주를 시킨다. 술을 먹고 있는 그 손님이 자꾸 신경이 쓰
인다. 한 병을 가볍게 들이키고, 다시 한 병을 시킨다. 이미 들어올
때부터 만취된 상태라 안된다고 이해를 구하고 밖으로 내보냈다.
잘 걷지도 못한다. 내가 있어서인지 순순히 나간다.

잠시 후, 출입문 유리가 '와장창' 밖이 훤히 보인다. 깨어진 유리
조각이 눈에 띈다. 어머니는 그 자리에 털썩 주저앉았다. 급히 밖
으로 나갔다. 사람들이 몰려들었다. 좀 전 그 선원이 인사불성으
로 앉아 있다. 손에는 피가 흐르고 있다. 주위에 유리파편이 널려
있다. 술을 더 안준다고, 기분이 상해 유리창을 박살냈다. 이 상황
을 수습할 사람은 나뿐. 떨리는 손으로 다이얼을 눌렀다. 그리고
다친 손님의 손을 지혈 하는데 분노보다 알 수 없는 안도감이 퍼

진다. '내가 있을 때 이런 일이 일어나서 다행이다. 엄마 혼자 있는데 생겼으면 어떻게 됐을까?'

급히 출동한 지구대는 선원을 데려갔다. 어머니를 잘 알고 있는 동네 지구대 경찰은

"사장님 걱정하지 마세요. 저희가 잘 처리할게요."

어머니를 안심시켜 주었다. 상황이 정리가 되고 식당 안에서 떨고 있는 엄마와 마주앉았다.

"엄마 그런 진상을 만나면 인간이라고 생각하지 마. 그냥 식사를 하는 2만 원짜리 돈이라고 생각해. 그러면 앞으로 이런 일이 있어도 덜 속상할거야."

방학을 끝내고 올라오는 버스 안 항상 마음이 무겁다. 말은 하지 않았지만 이런 일이 자주 있었을 텐데.

우리는 책에서나 TV에서 이런 표현을 자주 본다.

"내가 피를 찍어서 글을 썼어요. 피를 토하는 심정으로 말 합니다.", "피를 토하는 심정으로 살았습니다." 그 '피를 토하는……' 삶을 직접 겪고 올라오며 '빨리 엄마 고생을 끝내 드려야 하는데' 이 생각밖에 없다. 자식 세 명을 두고 있는 지금. 그때 자식을 살리려는 엄마의 마음이 절절히 느껴진다. 이제 팔순인 어머니. 허리는 많이 굽었고 머리는 백발이다. 지팡이가 있어야 걸을 수 있다.

아직도 받은 은혜를 다 갚지 못하고 있으니 마음이 무겁다.

7

냉엄한 현실에서 배우다

대학 1학년 여름방학. 속초에 내려와서 어머니 식당일을 돕고 있었다. 서빙과 배달을 주로 했다. 두 일 다 처음 하는 일이라 익숙하지 않았다. 특히 칼국수 쟁반을 들고 다니는 배달은 쑥스럽고 창피했다. 친구들은 몰려다니며 당구도 치고 술도 마치며 여름방학을 즐기고 있었다. 점심 때 칼국수 배달이 가장 많았다. 주위의 가게, 여관들이 많이 가는 곳이다. 배달을 하면서도 '아는 사람 만나면 어떡하지?' 생각을 하며 주위를 두리번거리며 다녀왔다.

7월 무더운 어느 날 어머니는 낙천여관에서 배달했던 그릇을 찾아오라고 했다. 식당 문을 열고나서니 헉! 숨이 막힌다. 가게 앞 횡단보도를 건너는 중에 땀이 등을 흥건히 적시고 있다. 2층 객실 앞. 신문지가 덮여있는 쟁반이 놓여있다. 들어보니 안에는 된장찌개 뚝배기 하나, 칼국수 국물이 반쯤 남아있는 그릇 세 개, 김치그릇이 보인다. 쟁반을 드니 제법 묵직하다. 칼국수 그릇에 남아있는 국물이 흔들린다. 조심스럽게 아래층으로 내려갔다. 여관을 나와 횡단보도에서 신호를 기다리고 있었다. 짧은 시간인데도 쟁반을 든 두 손에 힘이 들어간다. 신호를 기다리는 사람들과 있으니, 여름 더위보다 신문지 안 칼국수 국물이 더 신경이 쓰인다. 빨리 가자.

무심결에 건너편 신호를 보았다. 그런데 반대편에 있는 사람들 중 낯익은 얼굴들이 보인다. 자세히 보니 친구 세 명이 서 있다. 친구한테 엄마가 식당을 한다는 얘기를 아직 하지 않았다. 갑자기 칼국수 쟁반을 들고 있는 모습이 초라해 보인다. 심장이 빠르게 뛰고 얼굴이 화끈 거린다. 한여름 열기 속에서도 등골에 서늘한 한기가 느껴진다. '어떡하지 다시 여관으로 들어갈까, 다른 길로 갈까? 마주치면 무슨 말을 해야 하나'

서있는 두 다리에 힘이 풀린다. 마음과 달리 신호등은 빠르게 파란불로 바뀐다. 사람들에 떠밀려 한발 한발 앞으로 걸어간다. 발걸음이 영화 속 슬로모션으로 느껴진다. 10여 미터도 되지 않는 횡단보도가 끝없이 보인다. 친구들과의 간격이 가까워질수록 심장 박동은 빨라지고 숨은 거칠어지고 있다. 친구들과 눈을 마주칠 거리에 왔다. 갑자기 바람이 거칠게 분다. 쟁반을 덮고 있던 신문지가 휙 날아간다. 쟁반위에 된장찌개 뚝배기, 반쯤 채워진 시뻘

건 칼국수 국물, 먹다 남은 김치조각이 적나라하게 들어난다.

친구들과 눈을 마주쳤다. '아! 시간이 멈추었으면…….'

심장이 터진다. 호흡이 멈추었다. 생각이 사라지고 멍하다. 그 순간 번개 맞은 듯 생각 하나가 떠올랐다. '내가 지금 왜 이러고 있지, 내가 무슨 잘못을 했나?, 사회적으로 지탄을 받을 범죄를 저질렀나? 친구들한테 잘못하고 있나?' 찰나의 순간에 내 자신에게 이유를 묻고 있다. 피해야 할 이유를 찾지 못했다. 심장 뛰는 소리는 잦아들고 겨우 숨이 쉬어진다.

눈이 마주친 친구들은 놀랜 눈으로 나를 본다.

"어! 홍선아, 알바 하니?"

"야 우리 엄마가 여기에 칼국수 집을 열었어. 너희도 일간 날 잡을 테니 한번 와서 한잔하자."

"그래 한번 보자. 수고해."

이런 말을 하고 있었다. 아무렇지 않게 이야기를 하니 자연스럽게 받아들인다. 무거운 쟁반을 들고 식당으로 걸어오는데 한여름 열기 뒤 소나기의 시원함이 온몸으로 퍼진다. 식당으로 들어오니 어머니는 내 표정을 보고 무슨 일이 있었는지를 직감한다.

"배달 오는 중에 친구들 만났어."

아무렇지 않게 어머니한테 말했다.

"홍선아, 친구들 한번 초대해라 내가 한상 잘 차려 줄 테니까."

일주일 후 식당을 친구들을 불렀다.

"야 우리 식당이 맛집으로 벌써 소문났어."

말에 점점 힘이 들어간다. 친구들과 거나하게 한잔을 했다. 그 일이 있고 내 속살에 갑옷이 하나 생겼다. 방학 때마다 식당에서 엄마를 도왔다. 배달은 도맡아서 했다. 칼국수 쟁반을 들고 누구를 만나도 당당하다. 그런 모습이 예뻤는지 주위에서 많이들 찾아주었다.

4학년이 되면 기숙사를 나와야 한다. 그동안 기숙사에 있어 생활비가 많이 절약되었다. 어머니는 단골손님들에게 이런 걱정을 했다. 손님중 도의원이 있었다. 우리 사정을 듣고 학교에 도와줄 사람이 있으니 연락해 보겠다고 했다. 3학년 겨울방학 집에 내려가질 않고 학교에 있었다. 엄마에게 연락이 왔다.

"홍선아 OOO 도의원이 교무처장에게 연락을 해놓았으니 한번 찾아가서 인사해라."

교무처장 직무실이 있는 대학본부로 갔다. 웅장한 회색 대리석으로 장식된 로비를 지나 2층으로 올라갔다. 계단은 붉은색 카펫이 깔려있다. 입안이 바싹 마른다. 비서실이 보인다.

"화학과 3학년 김홍선입니다. 교무처장님을 뵈려고 왔습니다."

"약속은 하셨나요? 혹시 학생들이 주로 찾아오시는 분은 학생처장님이신데, 학생처장님 아닌가요?"

"아니요, 교무처장님 맞습니다."

비서의 안내를 받아서 집무실 안으로 들어갔다.

"안녕하세요. 화학과 3학년 김홍선입니다. 도의원 윤아무개님이 인사드리라고 해서 왔습니다."

교무처장이 어이없는 표정을 짓는다.

"나 그런 사람 모르는데."

교무처장이면 총장 다음이다. 교무처장실을 찾아온 것만도 잔뜩 긴장하고 있는데 그 말을 들으니 머리가 하얘진다. 멍하니 서 있는 모습을 본 교무처장은 웃으면 한마디 한다.

"자네 무슨 말을 들었으니 찾아왔겠지. 찾아온 이유를 말해 보겠나?"

이번이 두 번째다. 내 안에는 갑옷이 있지 않나. 정신을 수습하고 차분히 이야기를 했다.

"내년에 4학년인데 집안이 넉넉지 못해서 기숙사에 계속 있었으면 합니다. 생각해 보니 교무처장님이 도와주시면 힘이 될 것 같아서 찾아왔습니다."

"허허, 내 교수생활 30년 동안 이런 문제로 찾아온 것은 자네가 처음이네 용기가 가상해. 내 알아보고 최대한 힘을 써보겠네."

"감사합니다."

후들거리는 다리를 끌고 밖으로 나왔다.

그 순간 무슨 용기나 나서 그런 말을 했는지 모르겠다. 교무처장에게 인사 잘했다고 어머니에게 전화를 했다.

"홍선아, 내가 잘못 알았어. 교무처장이 아니라 학생처장이래. 내일 학생처장님께 인사 다녀와라."

몇 일후 기숙사 사감선생이 불렀다.

"네가 김홍선이니? 나 사감생활 10년 동안 학생처장과 교무처장님 두 분 동시에 부탁전화 받기는 처음이다. 너 참 대단하다. 누군지 궁금해서 불렀다. 너희 집안 대단하니?"

교무, 학생처장님 두 분의 도움으로 4학년을 기숙사 생활을 할 수 있었다. 사감선생의 말처럼 우리 집안이 대단하지도 않다.

머리부터 발끝까지 창피함이 온몸을 뒤덮었다. 심장이 터진다. 모든 세포가 부들부들 떨고 있다. '아 이 순간 사라졌으면!' 그때 '내가 무슨 잘못을 했나?', '창피함에 온몸을 떨고 있을 이유는?'

잘못한 것이 없다. 창피할 이유가 없다. 순간 심장 박동은 낮아지고 떨고 있던 온몸은 안정된다. 그리고 당당하게 창피함과 맞섰다. '내가 옳은 일은 하면 어떤 경우도 당당할 수 있구나.'

도망갔으면 평생 수치스러웠을 일이 엄청난 경험으로 바뀌는 순간이다. 한 번도 아니고 두 번의 경험은 내 자신을 더욱 단단하게 만들었다. 아직도 세포에 생생히 살아있는 이 경험은 삶을 살아가는데 엄청난 힘이 되었다. 내가 옳은 일을 하고 있으면 어떤 상황에서도 당당히 맞설 수 있는 용기가 생겼다.

낮은 자존감이 한껏 높아졌다.

누나에 대한 미안함

생각만 해도 가슴이 아리는 사람 한두 명은 있을 것이다. 부모님 말고 누나가 그런 사람이다. 아버지가 3년간 암투 병을 할 때 우리 집안의 실질적 가장이었다. 상고를 졸업하고 농협에서 직장 생활을 하고 있었다. 아버지는 암투 병으로 집안의 돈을 모두 탕진하였다. 이후 병원비는 누나의 몫이었다.

2000년 초 직장을 그만두고 변리사 공부를 하고 있을 때다. 단월드라는 명상센터에서 하는 명상의 효과에 대한 광고를 보았다. 특히 수험생과 고시생들에게 집중력 및 기억력 향상이라는 문구가 눈길을 잡았다. 변리사 시험을 몇 번 떨어져 지푸라기라도 잡는 심정이었다. 호기심 반 기대 반으로 센터를 들어갔다. 원장의 친절한 설명으로 다음날부터 수련을 시작하였다 1시간20여분 스트레칭과 명상은 하루 종일 캄캄한 독서실에 있는 나에게 그나마 숨을 쉴 수 있는 시간이었다.

입문과정인 심성수련을 갔다. 삼성동 본사의 넓은 강당은 100여명의 다양한 사람들이 모여 있었다. 1박 2일로 진행된 심성수련은 자신의 내면을 볼 수 있게 진행 되었다. 그 과정에서 응어리진 감정과 상처를 모두 토해냈다. 능숙한 트레이너 지도로 진행된 것 중 지금 생각나는 것이 있다.

100여명의 사람들이 마주보는 2개의 원을 만들었다. 그리고 서로 눈을 바라본다. 한사람을 보고 이동하여 옆 사람의 눈을 본다. 흔들리는 동공, 눈물이 가득한 눈동자, 회피하는 시선, 회환이 가득한 눈, 처음 본 발가벗은 눈동자들은 떨고 있었다. 가슴에 묻어둔 아픔이 여과 없이 느껴진다. 한두 명은 눈물을 흘린다. 바라보는 눈동자들이 조금씩 연결 되고 있었다.

프로그램의 마지막 시간. 트레이너는 마지막 말을 한다.

"여러분을 짓누르고 있는 감정과 상처의 응어리를 보았을 겁니다. 그것을 치유하는 가장 좋은 방법은 많은 사람 앞에서 이야기하는 것입니다. 그러면 그 응어리는 더 이상 자신만의 문제가 아닙니다. 드러내야 치유가 됩니다."

'나의 밑바닥에 흐르는 응어리는 무엇일까?' 가장 먼저 떠오르는 것은 누나였다. '아! 이거구나 나를 붙잡고 있는 응어리가' 응어리를 보는 순간 손을 들고 그 많은 사람들 앞으로 나가고 있었다.

70년대 초등학교 시절 누나와는 여섯살 차이였다. 어머니가 없을 때 누나는 엄마역할을 했다. 속초의 집은 산동네 같은 곳에 위치해 있었다. 마당이 꽤 크고 마루가 널찍하게 있었다. 산동네라 우리 집보다 높은 곳에 위치한 집에서 우리집안이 훤히 보인다. 그래서 동네사람들은 한 가족처럼 집안의 속내들을 잘 알고 있었다. 더구나 아버지가 통장을 하고 있어서 집은 동네 사랑방이었다. 한 여름날로 기억된다. 당시 중학생인 누나는 더운 여름날 마당에 있는 마루에서 공부를 했다. 밤에 자다 여러 번 화장실을 다녀와도 한결같은 자세로 공부를 하는 모습이 생생하다. 동네사람들도 밤에 공부하는 누나의 모습을 종종 본다. 그러면 다음날 아침에 엄마에게 물어본다.

"미숙이는 언제 자? 내가 밤에 3번 화장실을 다녀왔는데 그때도 그대로 공부하고 있어."

누나는 항상 반에서 1-2등을 했다.

초등학교 3학년 말 학교 끝나고 집에 왔다. 학교에 있어야 할 누나가 집에 있는 것이다. 아버지와 심각하게 이야기를 나누고 있다. 분위기가 심상치 않다.

"엄마 무슨 일이야 왜 누나가 집에 있어?"

"어 고등학교 진학상담을 아빠랑 하고 있어."

아버지와 이야기를 하는 누나가 갑자기 울기 시작한다. 어머니도 안타까웠는지 눈물이 글썽인다. '무슨 일이지?' 어린 나였지만 누나가 우니까 가슴이 아프다. 잠시 후 누나는 엄마와 이야기한다.

"엄마 나 인문계 고등학교 가서 교대가고 싶어. 선생님이 꿈이야. 그런데 아버지가 상고가래."

누나 얘기를 들은 엄마는 아버지와 이야기를 한다.

"미숙엄마, 여자는 고등학교까지만 나와도 돼. 홍선이는 집안을 책임져야 하니까 대학까지 가야해."

"미숙 아버지, 요즘 어떤 세상인데 여자가 고등학교까지만 나와도 된다고 해요. 공부를 못하면 할 수 없지만 저렇게 공부를 잘하는데 힘닿는 데까지 공부를 시켜야죠."

밖에까지 큰소리로 들린다. 엄마가 아무리 설득을 해도 아버지는 요지부동이다.

다음날 누나는 학교를 가질 않는다. 집에 와보니 누나 담임 선생님이 와 계신다. 아버지와 말씀을 나누신다.

"아버님 미숙이 같이 우수한 아이가 인문계 고등학교를 안 가면 누가 갑니까?"

"대학에 가면 장학금도 있고 하니 다시 한 번 생각해 보십시오."

"선생님 말씀은 잘 알겠으나, 저희 집 형편이 두 명이나 대학공부를 시킬 수가 없어요. 양해 바랍니다."

대화는 계속되지만 겉돌기만 한다. 담임 선생님의 얼굴이 점점 어두워진다. 아버지는 끝내 고집을 꺾지 않았다. 누나가 조금만 더 고집을 부렸으면 얼마나 좋을까? 지금 너무 안타깝다. 어린 나도 충격이었다. '나 때문에 누나가 인문계 고등학교를 못 가는구나, 대학을 못 가게 되는구나.' 누나에 대한 미안함이 상처가 되었다. 다음해 친구들은 인문계 고등학교를 가는데 누나는 속초여상을 진학했다. 여상의 교복을 다림질하는 어머니의 표정이 어두웠다. 첫 등교일 누나는 울면서 학교를 갔다. 그 이후 아버지는 돌아가실 때까지 누나를 여상에 보내신 것을 가장 후회했다. 어머니 역시 누나를 볼 때마다 가슴 아파한다.

단월드의 심성수련장. 많은 참가자들이 사람들 앞에 나와서 깊숙한 곳에 묻혀 있는 상처를 이야기한다. 젊은이, 나이든 사람, 여린 여성, 조폭 같은 남자, 살면서 볼 수 있는 다양한 사람들이 다 있는 것 같다. 그런데 다들 말하는 상처는 한결같다.

"아버지의 관심과 사랑을 받기 위해 처음 사고를 쳤어요."

문신이 많은 건장한 남자가 한없이 눈물을 흘리면서 이야기를 한다.

"우리 엄마는 공부 잘하는 언니만 좋아했어요. 나도 잘하려고 노력을 했는데……."

아 생각난다. 아까 본 눈물이 가득한 눈동자. 중년 여성이다.

"그때는 너무 바빠서 아들한테 아빠 사랑을 변변히 한번 주지 못했어요."

머리가 하얀 노신사다.

사람이 다 거기서 거기구나. '사랑 받지 못해서, 사랑을 주지 못해서' 생긴 상처를 보고 있다. 나도 손을 들고 처음으로 많은 사람들 앞에 섰다. 속에 있는 말을 어렵게 꺼냈다.

"누나, 나 때문에 대학을 가지 못한 거 미안해. 내가 공부라도 잘해서 잘 되었으면 좋았을 텐데. 그럼 누나한테 마음에 빚을 갚을 텐데, 그러지도 못하고 정말 미안해."

뜨거운 무언가가 볼을 타고 끊임없이 흘러내린다. 사람들 앞에서 속에 있는 응어리를 드러내니 조금씩 가벼워지고 있다.

"김홍선님 이 얘기 누나한테 꼭 직접 하세요. 그래야 상처가 아물어요." 트레이너가 말한다.

누나한테 직접 얘기 하지 못했다. 변리사 준비를 하는 백수가 전화 할 엄두가 나질 않았다. 지금보다 잘되어 떳떳하게 하자. 그렇게 미룬 것이 오늘까지 왔다. 그래서인가. 누나를 생각하면 아직도 마음 한편이 아릿한 아픔이 온다. 대학을 입학할 때도, 대학원에 들어갈 때도 고생하는 엄마한테 가장 미안했지만 목에 걸린 가시처럼 누나가 항상 걸렸다.

누구의 인생이나 다른 사람의 희생 위에 세워진다고 한다. 헌신적인 부모님과 누나의 희생 위에 내 인생이 있었다. 때로는 그 압박감에 눌려 신음을 하기도 하고, 열심히 일하고 공부하는 원동력도 되었다. 그런데 희생을 보며 잘못 생각했다. 희생하더라도 가족이 행복하면 나도 행복해 진다고 생각했다. 그래서 내 인생에 내가 있은 적이 많지 않았다.

희생이란 단어를 좋아하지 않는다. 왜냐하면 훗날 보상심리라는 날카로운 칼날이 되어 자신과 가족을 향할 수도 있기 때문이다. 지금 한 가정의 가장. 가족에 대한 책임감을 희생이라 생각하지 않는다. '내가 좋아서, 내가 행복하기 위해' 하는 것이다. 지난 경험이 나를 가르친다.

제2장

30살의 사춘기

1

여보, 나 공부를 해야겠어

　31살, 회사를 다니며 편입 준비하기가 만만치 않았다. 그런 모습을 보는 어머니는 무척 딱해했다.

　"홍선아, 아버지 같은 고향사람인데 그분 딸이 참 야무지단다. 이번에 오빠가 결혼을 했는데 어머니 여행 간 사이에 올케에게 집안 살림 다 가르쳤단다. 한번 만나봐라."

　"괜찮아요, 나는 계획이 있어요. 결혼은 나중에 생각할게요."

　친구 분 자녀들이 하나둘씩 결혼을 해서인가? 어머니 마음이 바쁘다. 하도 간곡히 부탁을 해서 거절할 수 없었다. 아버님이 일찍 돌아가시고 어머니 손에 컸다는 이야기를 들으니 묘한 동질감이 일어났다.

약속 날 서울 명동에 있는 프라자 호텔 커피숍이다.

토요일 오후 한 시간 전에 도착을 했다. 오랜만의 정장과 구두를 신으니 남의 옷을 입은 것 같다. 구두는 발을 조여 온다. 호텔 커피숍에 들어섰다. 테이블이 10여 개. 4번째 자리로 안내한다. '주말이면 나와 같은 손님이 많은가?' 이미 정장을 한 비슷한 또래의 남자 다섯 명이 각 테이블에 앉아 있다. 눈이 마주치니 어색한 표정을 짓는다. 기다리고 있는데 이상향을 기대하는 마음이 스멀스멀 올라온다. 잠시 후 출입구 쪽에 정장 차림의 여자가 들어온다. 다들 그쪽을 주시한다. 그리고는 시선을 피한다. 정장 여성이 내 앞으로 온다. 눈길이 자연스레 아래를 향한다. 지나친다. 안도의 숨을 내쉬었다. 그렇게 여러 명의 정장 여성이 내 옆을 스치고 지나갔다. 그러는 사이 이상형의 기대치가 많이 낮아졌다. 드디어 귀여운 여성이 내 앞에 멈춘다. 아내다. 서로 어색한 인사를 하고 앉았다. 느낌이 나쁘지 않다. 마음이 한껏 부풀어 있을 때 등장했으면 어떠했을까? 대화를 시작하니 말이 통한다. 지친 일상 오랜만에 말이 통하는 이성을 만나니 기분이 좋아진다.

아내의 성격은 보기보다 무척 화통했다. 내 세심한 성격과는 반대였다. 한강유람선에서 프러포즈를 하는 날 잔뜩 긴장한 나는 아내에게 떨리는 목소리로 얘기했다.

"은영아, 내가 생각을 해봤어. 평생 변하지 않는 사랑은 어떤 것이 있을까?"

"남녀 간의 사랑은 가장 뜨겁지만 또한 가장 쉽게 변하지, 변하지 않는 사랑은 부모와 자식 간의 사랑 같아. 내가 평생 너한테 아버지의 사랑을 주면서 살게."

목소리는 갈라져서 쉿소리가 나고 손은 떨고 있었다. 그런 내가 무척 안쓰러웠는지 손을 꽉 잡아 주었다. 그날이 인연이 되어 결혼까지 하게 되었다. 우리의 마음을 확인한 양가 어른들은 결혼을 속전속결로 결정했다. 만난 지 3달 만에 결혼을 했다. 워낙 만남의 시간이 짧아 아내의 결혼 준비도 같이 했다. 그저 같이 있는 것이 좋았다. '아 이 얼마 만에 느껴보는 행복인가?', '사는 것이 이렇게 행복할 수도 있구나.' 처음 느끼는 행복감이다.

신혼여행을 다녀온 후 얼마 지나지 않아서 어렵게 말을 꺼냈다.

"여보 나 공부를 해야겠어. 연구소 일이 내 적성에 너무 안 맞아 오래 다니고 싶지가 않아."

"그럼 오빠는 뭘 하고 싶어?"

"응, 편입은 그만두고 변리사 준비를 하려고."

연애도 몇 달 안 하고 결혼한 우리는 신혼을 연애처럼 하자고 약속을 했는데. 아내에게 너무 미안했다. 편입시험은 합격 후 몇 년의 대학을 다녀야 하기에 변리사 시험으로 바꾸었다. 변리사 학원을 알아보러 다니는 것이 결혼 후 첫 데이트였다. 신혼은 없었다. 학원을 결정하고 공부를 시작했다.

5시 30분 알람이 시끄럽게 울린다. 일어나기 힘들다. 어제도 공부하느라 12시가 넘어 잠이 들었다. 무거운 몸을 힘들게 일으킨다. 아내는 벌써 일어나 아침밥을 준비하고 있다. 밥을 먹고 집을 나선다. 10월의 새벽 은 벌써 쌀쌀하다. 옷차림이 두껍다. 연구소가 있는 판교까지는 2시간이 걸린다. 이 시간에 나와야 늦지 않는다. 전철을 여러 번 갈아타고, 마지막 버스를 타고 출근 한다. 출근길 짬짬이 부족한 수면을 보충한다. 두 시간의 출근 시간은 아침부터 사람을 지치게 한다.

'내가 지금 무얼 하고 있지, 이렇게 힘들게 살아야 하나?' 아침마다 드는 의문이다.

연구소 생활을 시작하지 벌써 4년 차 밑에 후배들도 많이 생겼다. 점점 연구소 생활의 한계를 느끼고 있었다. 퇴근 후 강남 변리사 학원에서 강의를 들었다. 학원은 규모들이 그리 크지 않다. 대부분 학생들이다. 강사들은 주로 전년도 합격생이 대부분이다. 그래서 젊다. 그들을 보면 마음이 착잡하다. '저들은 일찍 자기 길을 찾아서 잘 가고 있는데 나는 지금 무엇을 하고 있나.' 가끔 자괴감이 든다. 오늘은 특허법 시간. 어릴 때부터 법을 좋아해서 강의가 어렵지 않다. 법전을 펴놓고 찾아가며 공부하는 것이 낯설지 않다. 강의를 들으면 시간 가는 중 모르겠다. 변리사를 선택한 것은 잘한 것 같다.

저녁 강의는 보통 10시 전에 끝난다. 집으로 돌아오면 거의 12시 신혼의 아내가 반갑게 맞아준다. 얼굴을 볼 때마다 미안하다. 자기 전 아내와 나누는 대화는 꿀맛 같다. 하루 중 신혼을 즐길 수 있는 시간은 고작 한 시간여. '빨리 끝내야 하는데' 곱씹으며 하루를 마친다. 반복하는 일상이다.

오늘은 주말 출근을 안 하는 토요일이다. 주 5일제 시행 전 연구소는 격주 토요일은 쉬었다. 새벽같이 출근하는 것이 하루 중 가장 고된 일이다. 늦잠을 자야겠다. 그런데 5시 30분에 눈이 저절로 떠진다. 꼭 쉬는 날에는 잘 깬다. 잠을 청해 보지만 잠이 오지 않는다. '이것도 일중독의 일종인가?' 쉼 없이 일과 공부만 하는 일상이 습관이 되었다. 쉬는 것이 더 불안하다. 아내도 모처럼 늦잠을 자고 있다. 오늘은 하루 쉬어야겠다. 신혼인데도 주말에 계속 도서관에서 살았다. 늦은 아침 식탁에 아내와 마주 앉았다.
"이번 주 낮에는 뭐했어?"
매일 혼자 있는 아내가 안쓰러워서 묻는다.
"나는 나름 무척 바빠. 결혼을 했는데도 처녀 때와 같아. 누가 간섭하는 사람도 없어서 친구도 만나고 하던 일도 하고 하루가 어떻게 가는 줄 모르겠어."

미안해서 물었는데 밝게 얘기 한다. 아내와 있으면 밝은 기운을 받는다. 힘든 시험공부를 버틸 수 있는데 큰 힘이 된다. 이 주경야독을 몇 년을 지속하였다. 아내는 나름 자신의 생활을 찾아서 불만 없이 잘 지내고 있었다. 변리사 시험은 1, 2차로 나뉘어 있다. 직장을 다니면서 2차를 준비하는데 점점 한계를 느끼고 있었다. 하루 종일 공부를 하는 학생과 경쟁이 되지 않았다. 계속되는 낙방으로 점점 고민이 깊어졌다. 힘든 결정의 시간이 다가오고 있었다.

힘든 나날이었지만 내가 선택하고 원하는 것을 한다는 희열은 버티게 하는 힘이 되었다. 원하는 일을 하면 이렇게 에너지가 솟는구나! 이 맛은 과감히 직장을 그만두게 하는 용기를 주었다. 내가 선택한 삶에서 주인공이 되었다. 매일 지치고 힘든 나날이었지만 주인공의 삶에서는 기꺼이 받아들이고 즐기고 있었다. 내가 결정한 삶의 위력에 나도 놀래고 있다.

2

14시간 책상 앞에서

　컴컴한 동네 독서실 안 낮 두시. 방안에 있는 좌석 15여개가 텅 비어있다. 아침에 와서 저녁 10시 갈 때까지 14시간을 컴컴한 독서실에서 변리사 공부를 한다. 어느덧 12월 말이다. 올해는 참 많은 일이 있었다.

　올 초 아내와 결혼한 지 3년이 다 되어가는 날 첫딸 지윤이가 태어났다. 전날 아내는 태기가 있어서 병원에 입원을 하였다. 직장에 긴급한 연락이 왔다. 여동생이 근무하는 수서에 있는 삼성의료원으로 급히 차를 몰고 갔다. 운전을 하면서 결혼 후 3여 년의 시간이 떠올랐다. 달콤한 신혼 초에 공부를 시작하여 변변히 신혼의 단맛도 보지 못했고, 첫아이를 임신하고도 아내에게 신경을 쓰지 못했다. 그런 아내가 첫아이를 낳는다. 병원 분만실 앞. 다행히 딸애가 태어나기 전에 도착했다. 안도의 숨을 내쉬며 기다리고 있었다. 잠시 후 분만실 간호사로 있는 여동생이 딸을 데리고 나와 보여준다.

"오빠, 공주님이야!"

딸아이를 본 순간 너무나 신기했다. '어떻게 한 얼굴에 두 사람의 얼굴이 완벽히 들어있지!' 병실로 들어가 아내의 얼굴을 바라보았다. 하루 동안 자연분만을 하려고 그렇게 노력을 했는데 결국 제왕절개 수술을 했다. 아직 마취가 덜 풀린 아내는 나지막이 입을 연다.

"아기 봤어?"

"어, 너무 예뻐."

미안해서 목이 멘다. 첫애를 임신하고 아내를 위해 한 것이 별로 없다. 그저 감사하다. 첫딸을 보면서 가장의 책임감을 더욱 뼈저리게 느낀다. 결혼 후 3년 동안 직장과 변리사 공부를 병행했다. 계속되는 변리사 시험의 낙방은 직장을 다니면서 공부하는 한계를 절감했다.

첫딸이 태어나며 오히려 나의 선택을 앞당겼다. 또한 직장에서 직책이 올라갈수록 일과 공부를 병행하기가 힘들었다. 선택을 해야만 했다. 시간이 얼마 없었다. 아내에게 어렵게 입을 떼었다.

"여보 나 이제 연구소 그만두고 제대로 공부를 해야 할 것 같아. 지윤이도 태어나고 나도 나이를 먹어 가는데 더 이상 시간이 없는 것 같아."

"나는 오빠가 하고 싶은거 하고 사는 것이 좋아. 나는 걱정하지 마."

아내는 이미 결심을 했는지 흔쾌히 내 말을 들어주었다. 어머니에게 말씀 드리는 것이 제일 어려웠다. 대학원까지 두 손이 동상을 걸리면서까지 뒷바라지를 해주셨는데, 이제는 고생을 그만하고 호강을 시켜주지도 못하는데. 아들이 연구소 다닌다고 그렇게 고향사람들에게 자랑을 하고 다녔다. 어머니는 내가 본인의 고생한 인생 그 자체였다.

"엄마, 연구소 그만두고 한 2년만 제대로 공부를 하고 싶어. 그래야 인생에 후회하지 않을 것 같아."

목이 멘 소리로 어렵게 말을 꺼냈다. 어머니도 그동안 내가 연구소를 다니는 것이 얼마나 힘들었는지를 잘 알고 있는 것 같았다.

"네가 얼마나 오래 생각했겠냐? 너 하고 싶은 거해라."

잠시 침묵이 흘렀다. 더 이상의 말이 떠오르질 않았다. 결심을 하니 한 시간이 아까웠다. 직장에는 변리사 공부를 위해 사직을 한다고 솔직히 얘기를 했다. 조속한 처리를 부탁하고 본격적으로 공부를 시작했다. 지금 생각해도 첫아이도 태어난 지 얼마 되지도 않았는데 어디서 그런 용기가 났는지 모르겠다.

내가 선택한 삶의 힘은 놀라웠다. 하루 14시간의 공부가 전혀 힘들지가 않았다. 직장을 다니면서 느끼던 공부에 대한 갈증을 시원하게 해소하고 있었다. 본격적인 2차 준비에 돌입했다. 2차는 주관식 서술형이라 그냥 외우면 되는 1차와는 다르다. 고등학교 때 진학하고 싶었던 법대의 꿈을 간접적이나마 변리사시험을 준비하면서 해소하고 있었다. 특허법, 상표법, 민사소송법 등이 주요 2차 과목이었다. 특히 민사소송법은 2차 시험의 반이라고 할 정도로 공부의 양이 많았다. 그런데 이 민사소송법을 공부하는 것이 제일 재미있었다. 사람은 자기가 하고 싶은가를 하고 살아야 하나보다. 이런 나를 옆에서 지켜보는 아내는 참 신기한 눈으로 쳐다보곤 했다.

"그 어려운 법 공부가 좋아?"

"응, 나는 재미있는데?"

가장으로써 집안을 생각하면 마음이 무거워진다. 그럴 때마다 공부에 더 집중했다. 하루라도 빨리 끝내야 한다. 그러는 사이 첫 딸은 무럭무럭 자라고 있었다. 자기 전에 잠깐 아이의 얼굴을 본다. '아빠가 빨리 변리사가 되어 우리 지윤이한테 해주고 싶은거 다 해줄게.' 매일 잠들기 전 아이의 얼굴을 보고 같은 말을 되뇐다.

그 시절을 견딜 수 있었던 힘은 아내의 긍정이었다. 하루 종일 공부를 하고 집에 들어오면 아내는 늘 하는 말이 있다.

"오빠 너무 스트레스 받지 마. 변리사 안 돼도 우리 젊은데 할 것 없겠어? 나는 무엇을 하든 잘할 자신이 있어!"

그 한마디가 그 시절을 버티게 하는 힘이 되었다.

2차 시험을 끝낸 늦가을 주말. 모처럼 나들이를 했다. 직장을 그만두고 가족과 주말 나들이는 처음이다.

"여보, 오늘 지윤이랑 어린이 대공원에 소풍 가자!"

"정말? 공부 안 해도 돼?"

"응, 오늘 하루 쉬려고."

신혼집은 상가건물 2층에 있었다. 넓지 않은 계단을 지윤이 유모차를 들고 내려간다. 묵직하다. 이 일을 어머니와 아내가 매일 하고 있었다. 가벼운 먹을 것을 챙기고 돗자리를 넣고 독서실 대신 어린이 대공원으로 향한다. 아홉시 조금 넘은 시간. 일요일 이른 시간인데 사람들이 많다. 집 근처에 있으면서도 처음 온다. 아내도 무척 신나 한다. '이게 얼마 만에 나들이인가?' 돌 지난 지윤이도 제법 옹알이를 한다. 매일 저녁 잠깐 본 아빠지만 그래도 눈을 맞추면 환하게 웃는다. 늦가을 나들이는 모처럼 즐기는 여유이다. '내가 왜 이렇게 힘들게 살고 있지?' 잠깐이나마 드는 생각은 어쩔 수 없다.

어린이 대공원의 넓은 잔디와 단풍이 낯설다. '벌써 가을이야'

모처럼 아내의 얼굴에 함박꽃이 피었다. 우리는 고작 3개월 만나고 결혼을 했다. 그래서 항상 매시간이 아쉬웠다. 지금 이시간도 너무나 소중하다. 유모차를 끌고 넓은 어린이 대공원에 들어갔다. 단풍에 물든 나무들과 황금색으로 변해가는 잔디밭이 청량하다. 공기도 독서실과는 달리 신선하다. 솜사탕을 하나를 샀다. 그리고 예쁜 머리띠를 사서 지윤이 머리에 꽂아주었다. 유모차를 끌고 나온 부부들이 많이 보인다. 늦가을 햇살이 달콤하다. 한참을 어린이 대공원을 돌고, 넓은 잔디밭에 돗자리를 펼치고 앉았다. 준비해온 김밥이며 과일을 꺼내 놓았다. 어릴 때 설렜던 소풍 기분이 난다. 한입 먹은 김밥이 꿀맛이다.

모처럼 아내와 공부 말고 일상의 얘기를 나눈다. 특히 지윤이 성장에 대해서……. 대화를 하는 중에 내가 지윤이에 대해서 아는 것이 별로 없다는 것을 알게 되었다. 컴컴한 독서실에 있다 나오니 즐겁지만 한편으로 씁쓸하다. '내 꿈을 위해 가족이 희생 하는구나.' 이게 가장 힘들다. 그런데 역설적으로 가족 때문에 그 힘든 시간을 이겨내고 있었다. 가족은 내가 생각한 것보다 훨씬 강했다.

비록 변리사 시험은 낙방을 했지만 소중한 시간이었다. 원하는 삶을 위해 첫딸이 생겼는데도 과감히 직장을 그만 둔 결정, 하고 싶은 것을 위해 최선을 다해 노력한 경험, 그리고 변리사 시험에 실패. 이 모든 경험은 나의 삶에 엄청난 힘이 되었다. 이 경험이 있었기에 이후 내가 원하는 삶이면 실패를 두려워하지 않고 도전을 하고, 최선을 다 할 수 있게 했다. 실패든 성공이든 내가 선택한 삶에서의 모든 경험은 켜켜이 쌓여 살아가는 데 소중한 보석이 되었다.

3

좌충우돌 인터넷 쇼핑몰

회사를 그만둘 때 공부하기로 했던 2년의 마지막이 다가오고 있다. 2차 시험을 보고 결과를 초초하게 기다리고 있었다. 그 사이 아내는 2000년대 초 네이버에서 무료 쇼핑몰을 만들어주는 이벤트에서 아동복 쇼핑몰을 만들었다. 첫아이가 태어난 지 얼마 되지 않은 때였다. 아내는 아동복 판매의 경험이 전혀 없었다. 아내와 나의 성격은 정반대였다. 나는 행동보다 생각이 많았다. 반면 아내는 생각보다 자신의 직감을 믿고 즉시 행동하는 성격이다. 그 점이 오히려 우리에게는 좋았다.

2차 시험이 끝나고 한두 달 여유가 있는 때였다. 주말 저녁 아내가

"내일도 공부해? 내일 나랑 경산 좀 같이 갈 수 있어?"

뜬금없는 말에

"경산은 왜 가는데?"

"내가 수입 아동복 수입상을 알아냈어. 그래서 물건을 직접 보려고."

아내는 만든 베베맘이라는 쇼핑몰 물건을 하러 가는 날이다. 남대문, 동대문 도매상을 스스로 알아보면서 쇼핑몰을 꾸려 나가고 있었다. 또 어머니와 상의를 해서 동네의 빈 사무실에 오프라인 매장도 하나 열었다. 마침 시험도 끝나고 시간적으로 여유가 있는 시기라 아내를 도와줄 수 있었다. 지윤이를 엄마에게 맡기고 아침 일찍 경산으로 출발했다. 모처럼 아내와 함께하는 시간이다. 일로 가지만 여행을 떠나는 것같이 설렌다. 아내의 얼굴도 밝다. 경산에 도착하여 수입상의 사무실로 갔다. 물건이 산더미같이 쌓여있다.

"사장님 요즘 어느 옷이 잘 나가요?"

"네, 요즘 수입 아동복은 이런 스타일이 유행이에요."

우리는 의류 경험이 없는 상태라 수입 도매상의 도움을 받으며 물건을 골랐다. 아내가 물건을 고르면 옆에서 도왔다. '아동복이라, 아동복이라…….' 아내가 인터넷 쇼핑몰과 오프라인 매장을 차린 그 미친 실행력에 아직 적응이 되지 않았다. 벌써 다섯 시간이 지나고 있다. 아직도 물건을 고르고 있다. 우리 매장에서 팔기에는 굉장히 많았다. 그래도 '이유가 있겠지'하고 지켜보았다. 해가 뉘엿뉘엿 넘어가고 있었다. 거의 마무리가 되어가고 있다. 고른 아동복이 산더미 같이 많았다.

아내를 불렀다.

"이 물건 살 돈 준비는 했니?"

"아니, 물건 받을 소매상들 주문을 미리 받아서 온 거야. 올라가서 물건주고 돈 받아서 보내주면 돼."

"그럼 지금 얼마 있어?"

"차비밖에 없는데?"

'아! 이게 가능할까?' 입안이 마른다. 수입상은 고른 물건을 포장한다. 올 때와는 달리 창고에 물건이 거의 비어있다. 지금 생각해 보면 악성재고도 싸게 준다며 다 우리에게 떠넘긴 것이다. 사장의 얼굴이 무척 밝다. 포장하는 손놀림 또한 가볍고 경쾌하다. 그런 모습을 지켜보면서 가슴이 답답하다. 상세 명세서를 쓰고 계산을 마무리 한다. 물건 값은 650여만 원. 최종 계산기를 두드려 금액을 확인한 수입상 얼굴은 홍조를 띠고 있다.

"사장님 이거 계좌 번호입니다. 입금 부탁합니다."

"네, 사장님 얼마 안 되네요. 제가 서울 가서 입금할게요. 올라가면 물건 받을 소매상들이 기다려요."

수입상의 얼굴이 얼어붙는다. 표정이 묘하게 일그러진다. 아내의 당당한 대답에 수입상은 말을 잃은듯한 표정이다.

"아니 사장님 650만 원이나 되는데 계약금도 없이 그냥 가져갈 수는 없죠!"

어이없는 표정이다.

"그럼 어떻게 하죠? 그냥 가야 하나요. 올라가면 바로 입금할 수 있는데."

수입상 얼굴이 잿빛으로 변했다. 하루 종일 정리한 재고를 처리할 수 있는 기회가 사라질수 있다. 한동안 침묵이 흘렀다. 체념하듯 한숨을 내쉬며 어렵게 말문을 연다.

"그럼 사장님 여기에 각서 하나 써주시고 가세요. 올라가면 바로 입금한다고."

"네 그럼요."

아내는 가볍게 각서를 썼다. 하루 종일 고른 수입아동복을 차에 실었다. 서울로 운전하고 올라오면서 아내에게 물었다.

"그 아동복 소매상들 어떻게 알아낸 거야?"

"그냥 전화번호 책에서 수입아동복점을 모두 뒤졌어. 그리고 사진을 보내 주었지."

"야 대단하다. 대단해."

아내는 소매상들에게 전화를 돌렸다. 저녁 9시쯤 불이 꺼진 가게 앞. 여러 명의 소매상들이 기다리고 있다. 오늘 고른 많은 물건들을 가게로 옮기고 한 시간도 되지 않아 사라졌다. 1000여만 원이 입금이 되었다. 한 번 출장으로 우리가게 일 년치 월세와 물건

값이 생겼다. 머리가 띵해 온다. '맨땅에 헤딩한다.' 는 말을 오늘 진하게 겪었다. 행동하기 전 생각이 많았던 나. '인생에는 직접 부딪치는 것도 가치가 있구나.' 이런 생각을 직접 경험한 하루였다.

쇼핑몰 첫 제품 촬영이다. 인터넷에서 참고할 제품사진을 모니터에 띄어놓았다. 참고 사진과 똑같이 만들려는 작업을 시작한다. 신상을 정성스럽게 다림질하고, 모니터 보며 형태를 잡는다. 똑같이 형태를 잡는데 한 시간여가 걸렸다. 이마에 땀방울이 맺힌다. 애써 예쁘게 형태 잡은 신상을 벽에 걸고 사진을 찍는다. 찍은 사진을 모니터에 넣어서 본다. 참고사진과는 너무 거리가 멀다. 사진을 전공한 처남에게 전화를 해서 자문을 구한다.

"너희가 참고한 사진은 조명을 사용하고 카메라도 전문가용 DSLR 카메라를 사용해서 찍은 거야."

"형님 그럼 그 카메라는 얼마나 하나요?"

"한 150만 원 정도 할 거야."

"그렇게 비싸요?"

나도 모르게 큰소리가 나왔다. 처남은 그저 허허 웃고 만다.

"우리가 쇼핑몰 처음 시작하는데 그런 카메라는 너무 무리인 것 같다. 조금 싼 것을 사서 하자."

그날은 힘만 빼고 신상 촬영을 마치지 못했다.

며칠 후 15만 원을 주고 산 디지털 카메라로 촬영을 시작했다. 이번에는 처남 스튜디오에서 조명기구를 빌렸다. 사무실 철문을 내리고 어둠속에서 촬영을 한다. 조명의 열기로 4월인데도 땀이 등을 타고 내린다. 참고할 제품사진을 띄워 놓고 형태를 잡고 다시 촬영을 한다. 셔터를 누른다. 그런데 셔터스피드가 너무 느리다. 한번 촬영에 15분이 걸린다. 겨우 세벌 촬영을 끝내니 온몸이 땀에 젖었다. 왜 비싸도 전문가용 카메라가 필요한지 온몸으로 체감했다. 이렇게 실수를 연발하면서 배워나갔다. 조악한 제품사진이지만 사이트에 올렸다. 제품사진을 찍고, 보정을 하고, 배송을 하는 전 과정이 힘들지가 않았다. 오히려 새로운 일을 하는 것에 대한 묘한 희열을 느끼고 있었다.

첫 주문이 들어왔다. 3일이나 지나서 확인했다. 온몸의 세포가 깨어나는 것 같이 짜릿했다. 보고 또 보았다. 믿기지 않았다. 그렇게 고생을 하며 사진을 찍었는데. 얼굴에 뜨거운 것이 타고 내린다.

쇼핑몰에 올리는 물건의 수가 늘어났다. 사용하던 카메라를 전문가용으로 바꾸고 조명도 장만했다. 초기의 조악한 사진은 제법 그럴듯한 사진으로 바뀌었다. 하루에 1-2개 제품사진을 올리기도 힘들던 쇼핑몰이 아동복 사진으로 채워지고 있었다. 주문이 하나, 둘 늘어났다. '시작하는 것이 힘들지 일단 시작을 하니까 어떡해

든 해결해 나가는구나.' 무에서 시작한 인터넷 쇼핑몰은 점차 자리를 잡아가고 있었다. 오프라인 가게의 매출도 늘어나고 있다. 아내는 한 달에 한번 경산을 오르내리며 중도매상 역할도 계속했다. 옆에서 돕고 있는 나로서는 그저 신기할 따름이었다. 어느 날 아내는 도매시장을 다녀와서는 매우 흥분을 해서 말을 했다.

"제일평화시장이라는 도매시장을 가보았는데 여성의류를 팔고 있더라고. 아동복 파는 것보다는 여성의류를 팔아 보는 것이 어떨까?"

"이 시장이 더 큰 것 같아?"

"엄마들이 자기 옷은 안 사도 아기 옷을 먼저 살 줄 알았는데, 자기 옷을 먼저 사는 것 같아."

아내는 여성의류라는 새로운 세계를 발견했다. 흥분하고 있었다. 아내의 실행력을 잘 알고 있는 나는 "그래 잘해봐, 내가 도와줄게."

아동복에서 여성의류로의 변화는 장난같이 시작한 인터넷 쇼핑몰이 점차 본격적인 사업으로 자리 잡아가는 계기가 되었다. 잠시 도와주려고 시작한 인터넷 쇼핑몰에 한 발씩 깊숙이 발을 담그고 있었다. 이렇게 새로운 세계로 빠져들었다.

인생이란 앞날을 알 수가 없다는 것을 절감했다. 싫었지만 화학을 10여 년 공부하고 연구원 생활을 하던 내가 여성의류 인터넷 쇼핑몰 운영자가 됐다. 그 도전이 두렵지가 않았다. 직장을 그만둔 경험이 큰 힘이 되었기 때문이다. 내가 선택한 삶에서는 실패도 이렇게 소중한 자산이 되는 것을 뼈저리게 체감하고 있다. 선택한 삶을 산다는 것 그 자체만으로 엄청난 힘을 가진다.

실패든, 성공이든 성장을 위한 자양분이 되었기 때문이다.

4

처음 선택한 삶

    33살 처음으로 원하는 삶을 선택했다. 변리사 시험 준비를 위해 7년 다닌 직장을 그만두었다. 늦은 나이지만 내가 원하는 삶을 선택했다. 그 전에는 주변인의 삶을 살았다.

    고1 말. 이과 문과를 결정해야 하는 시간이 다가왔다. 생이 얼마 남지 않은 말기 암환자인 아버지와 마주 앉았다.

    "아버지 이번 주 내로 이과 문과를 결정해야 한데요. 어떻게 하지요?"

    "홍선아, 너는 어디를 가고 싶니?"

    "아버지 저는 어릴 때부터 법대를 가고 싶었어요. 그리고 적성도 문과가 더 맞는 것 같아요."

어릴 때 TV에 방영되었던 '하버드 법대의 공부벌레들'이라는 프로에 푹 빠져있었다. 등장인물들은 나의 우상이었다. 아버지의 얼굴이 어두워졌다.

"법대를 나와서 무얼 할 건데?"

"사법고시에 패스해서 저도 법정에서 변론을 하고 싶어요."

아버님은 주저 없이 말하는 나를 물끄러미 바라보더니,

"홍선아 이과를 가는 것은 어떠니? 취직이 문과보다는 더 잘 될 텐데."

이 한마디가 폐부를 깊숙이 찔렀다. 아버지 마지막 유언이 되었다. 집안 형편을 잘 알기에 아무 말을 할 수가 없었다. '이과가 문과보다 취직이 잘된다'는 그 한마디가 인생을 결정했다.

고2 이과반의 공부는 적성과는 동떨어져 있었다. '이건 아닌데……'라는 생각이 들기 시작했다. 이때부터 현실에 순응하는 자신과 하고 싶은 것을 갈망하는 자아의 갈등이 나를 힘들게 했다. 고3말. 학력고사를 앞두고 전공을 정해야 하는 시간이 다가왔다. 화학 시간.

"요즘 화학과가 취업이 제일 잘 된다는데 고려해봐."

이 한마디가 전공을 결정했다. 이과를 온 목적과 잘 맞았다. 한 번 잘못 끼워진 인생 궤도는 원하는 삶과 점점 멀어지고 있었다.

화학과에 입학하였다. 전공은 적성과는 너무나 동떨어졌다. 내가 선택하지 않은 삶은 주변인으로 살아가게 하였다. 황금 같은 대학 1학년. 친구들은 대학생활을 즐기고 있었지만 나는 '이건 아닌데, 아닌데.' 하면서도 현실에 순응하며 살았다. 대학 입학 한지 얼마 되지 않은 새벽 5시. 아직은 쌀쌀한 어둠을 깨고 집을 나섰다. 도서관으로 발길을 향했다. 원하는 자리를 잡기 위해서는 6시 도서관의 문을 열기 전에 줄을 서야 한다. 문이 열리면 다들 원하는 자리로 열심히 뛰어간다. 자리를 잡고 아직 잠이 들깬 멍한 의식으로 전공 책을 한동안 보고 온다. 1학년이라 전공 공부가 많지 않다. 그냥 주어진 현실에 충실해야지. 엄마의 희생으로 온 대학 나에게 적성에 맞고 안 맞고는 사치였다. 그 엄중한 현실은 적성보다 가족의 생존을 먼저 생각하게 하였다. 대학 1학년 청춘을 즐기기에 마음의 여유가 없었다.

4학년 2학기 취업을 할지 대학원을 진학을 할지 선택해야 하는 시점이 다가왔다. 4년 동안 무엇을 하였나? 빨리 가족을 책임져야 한다는 숨 막히는 압박감에 제대로 놀지도 못했다. 도서관에서 살다시피 했는데 딱히 준비한 것이 없다. 청춘의 시간이 허비되었다는 참혹한 현실을 받아들일 수 없었다. '그래 나는 대학원을 준비한 거야?' 자기기만은 자연스레 대학원이라는 도피처로 이끌고 있었다. 주변인으로 살아온 4년의 시간 동안 삶을 선택하고 현실에 당당히 맞설 근력을 키울 기회를 놓쳤다. 이런 삶은 대학원 졸업 후 연구소 생활까지 이어졌다.

직장 생활한 지 7년, 결혼을 하고 첫딸이 있는 가장이었지만 원하는 삶을 위해 과감히 직장을 그만두었다. 33년 인생의 전환점이었다. 원하는 삶을 선택했다고 그 결과가 항상 좋은 것은 아니다. 오히려 실수투성이의 삶에 더 가까웠다. 그래도 내가 선택한 삶의 힘은 놀라웠다. 직장을 다니며 2년간 공부한 변리사 공부를 본격적으로 시작하였다. 학원 강의를 듣는 날 외에는 하루 14시간을 컴컴한 독서실에서 공부했다. 직장을 다니는 것보다 혹독한 시간을 보내고 있었지만 힘든 줄을 몰랐다. 오히려 에너지가 넘쳤다. 사람은 자기가 하고 싶은 것을 하고 살아야 하나보다.

2년이 지나고 있었다. 그동안 시험을 여러 번 보았지만 결과가 좋지 않다. 오늘은 민사소송법 2차 공부를 하는 날이다. 학원에서 배운 예상문제를 노트에 정리하고 모의시험을 본다. 예상문제를 풀기 시작한다. 답을 서술하는 손놀림이 능숙하다. 책을 4회독 하고 있다. 직장을 그만둘 때는 금방 합격을 할 것 같은 자신감이 넘쳤다. 그러나 현실은 냉정했다. 신경 쓸 것이 더 많았다. 얼마 받지 않는 퇴직금과 저축액은 겨우 2년 정도를 버틸 수 있는 돈이었다. 데드라인이 가까워질수록 심적 부담감은 커져갔다. 공부를 끝내고 집에 가서 잠깐 보는 딸애의 천진한 미소는 하루 피로를 녹여

주었지만 마음 한편이 무거워진다.

"은영아 벌써 2년이 다되어 가는데 합격 못하면 어떻게 하니?"

"걱정하지 마 우리는 아직 젊잖아. 나는 무엇을 하더라도 자신이 있어."

그렇게 힘을 주었다. 직장을 그만두고 지난 2년여의 시간동안 나는 조금씩 변하고 있었다. 예전에는 도망쳤을 현실을 마주할 용기가 생겼다. 내가 선택한 삶에서는 도망갈 데가 없었다. 마주치고 부딪혀 나가는 방법밖에 없었다. 이런 현실은 나를 강하게 만들었다. '피하지 마라. 정면으로 마주하라.' 매일 마음속으로 되뇌다.

시험을 끝내고 잠시 여유가 있는 두 달 동안, 아내가 시작한 인터넷 아동복 쇼핑몰을 도와주었다. 같이 도매시장에 물건을 하고, 형태를 잡아 사진을 찍어 올리고, 배송을 했다. 아내와 같이 하는 모든 일이 즐거웠다. 새로운 일을 하니 흥분 되었다. 신기하게도 매출이 오르기 시작했다. 같이 시작한 매장도 장사가 잘 되고 있었다. 노력하면 결과가 바로 오는 인터넷 쇼핑몰의 매력에 점차 빠져들었다.

시험 결과가 발표되었다. 또다시 불합격. 며칠을 고민했다. 합격자 발표 후 저녁 컴컴한 독서실에 혼자 앉아있다. 결정을 해야 한다. 자연스레 직장을 그만둔 첫 선택의 삶을 살펴보았다. 직장을 그만두고 경제적인 압박감에 힘들었지만 삶의 초점이 선명해졌다. 그 전의 뿌옇게 안개 낀 불안한 삶이 말끔히 걷혔다. '원하는 삶을 사는 것' 갈 길이 명확했기 때문이다. 직장을 그만둔 첫 선택의 경험 덕분에 고민은 길지 않았다. 이번에도 마음이 가는 데로 살아보기로 하였다. 인터넷 쇼핑몰 세 번째 삶을 선택했다. 두려움을 뚫고 원하는 삶을 선택하는 힘이 점점 커져간다.

직장을 그만 둔 첫 번째 결정, 변리사 시험을 포기하고 쇼핑몰을 선택한 힘은 어디에서 나왔을까?

33년간 내 인생의 선택을 남한테 맡긴, 뼈져린 잃어버린 시간이 도망갈 수 없게 했다. 이 악물고 삶을 내가 선택했다. 결과가 좋던 나쁘던 그 선택한 삶은 켜켜이 쌓여 온전히 내 것이 되었다. 자신 삶은 반드시 자신이 선택하라. 두렵더라도 어금니 꽉 깨물고 삶을 정면으로 응시하자. 온전히 자신 것이 된다.

30여 년 두려움에 삶의 선택을 도망다닌 자의 경험이다.

5

매출의 정점을 찍다

쇼핑몰을 시작한 지 3년째다. 매출은 안정이 되고 사무실도 넓은 곳으로 이사했다. 직원은 10명이 넘었다. 내가 선택한 삶이 자리를 잡아가고 있었다.

배송실 오후 세 시. 아침부터 배송 나갈 의류를 검품하고 다림질하는 아주머니 두 명, 배송을 담당한 직원 한 명과 준비한다. 배송실 공기는 좋지는 않다. 의류의 특성상 먼지가 많이 날린다. 그래도 내게는 달콤하다. 주문 창을 띄어놓고 배송할 주문 건을 확인한다. 매출은 1000만 원에 가깝게 기록하고 있다. 오늘 주문 건은 150건 정도다. 주문 건을 정리해서 송장을 출력한다. "끼익 끼익" 송장 나오는 소리가 감미롭다. 다 나온 송장을 정리하여 잡아

본다. 묵직하다. 얼굴에는 미소가 퍼진다. 쇼핑몰을 시작해 지금까지 오는 과정이 한 편의 영화처럼 머릿속에 지나간다.

쇼핑몰을 시작한 지 1년. 하루는 아내가 도매시장을 다녀와서 흥분되어 얘기를 한다.

"오늘 거래업체 사장님이 같이 동업을 하면 어떻겠냐고 제안을 받았어."

"아동복은 어떻게 하겠는데, 여성의류는 내가 경험이 없어서 요즘 많이 한계를 느끼고 있었어."

"그래 그럼 한번 만나보자."

동업에 대한 위험을 생각할 겨를이 없었다. 의류 판매를 한 적이 없어서 경험이 절실히 필요할 때였다. 동대문 도매시장 사무실에서 업체 사장 부부와 같이 만났다. 첫인상은 선해보였다.

"김 사장님, 저희도 도매시장에 늦게 들어와서 제작을 해도 소화할 수 있는데 한계가 있었어요. 인터넷 쇼핑몰과 같이하면 유통 규모가 커져서 많은 아이템을 제작할 수 있겠어요."

"그리고 쇼핑몰만의 제작 상품을 올리면 우리만의 스타일을 만들 수 있을 겁니다."

남자 사장이 차분히 설명을 이어 나갔다.

"네 사장님 잘 들었습니다. 저희도 생각해보고 연락드리겠습니다."

귀가 솔깃했다. 그동안 신생 쇼핑몰이라서 도매업체에서 좋은 신상을 받지 못하는 설움을 겪고 있었다. 주위에서는 동업에 대해 많이 염려했다.

같은 사무실에서 동업을 시작했다. 의류에 경험이 없는 우리는 의류 제작에 처음 참여했다.

"김 사장님, 옷을 제작을 하려면 우선 디자이너 한 명을 뽑아야 할 것 같아요. 그리고 원단, 부자재, 공임 등 한 아이템에 대해 순차적으로 돈이 들어갑니다. 이번에 들어갈 제품이 다섯 가지가 있어요."

동업한 지 얼마 지나지 않아서 입금부터 요청을 한다. 경험이 없는 우리는 알 수 없는 내역서만 보며 입금을 했다. 처음부터 기분이 좋지 않았다. 동업에 가장 중요한 것이 신뢰인데…….

"사장님 제작에 필요한 돈을 입금하시라고 하는데 그 돈이 어떻게 사용되는지 설명 해주시면 합니다. 저희도 진행상황을 알아야 하지 않겠어요."

"김 사장님 그렇게 건건이 근거를 요구하면 피곤해서 동업을 못 합니다."

다소 위협적인 말을 건넨다. 이런 일은 계속되었다. 결국 1년 만에 동업은 깨어졌다. 동업자는 경험이 부족한 우리에게서 알뜰히 뽑아먹고 자신의 쇼핑몰을 차리며 헤어졌다. 수천만 원의 빚이 남았다. 사업을 시작하고 첫 쓰라린 경험을 하였다. 그래도 의류에 대한 경험은 일취월장 하였다. 무에서 시작한 사업은 실패에서 배우며 성장을 하고 있었다.

배송실 안. 서둘러야 한다. 택배사가 여섯 시에 온다. 오늘은 배송 박스가 150여 개 될 것 같다. 두 명의 이모들은 제품을 꼼꼼히 살피고 다림질을 하여 제품을 비닐 팩에 포장한다. 우리 쇼핑몰은 주문건수에 비해 한 사람의 주문량이 많다. 한 박스에 5가지 이상의 제품이 들어간다. 이번 송장의 이름은 눈에 익은 이름이다. VIP이다. 주문금액이 50만 원이 넘는다. 아내가 30대여서 쇼핑몰에 올라오는 옷들은 자연스럽게 30대 이상 정장 위주의 옷들이었다. 단골도 30-40대. 물건수가 많아 잠시만 정신을 놓으면 잘못 배송되기 일쑤다. 고객들은 사진만 보고 구매를 하니 예민하다. 조금만 이상이 있으면 바로 반품이다. 정신없이 포장된 제품을 송장 별로 박스에 넣고 포장을 한다. 오늘도 배송을 못한 송장이 수두룩하다. 주문한 제품의 업체가 다르기 때문에 같이 배송하기가 어렵다. 미배송 송장을 CS직원에게 넘긴다. 배송과 미배송 제품의 내용을 문자로 발송을 한다. 세시에 시작한 배송은 여섯시에 간신히 끝냈다.

택배기사가 큰 박스를 끌고 들어온다. '오늘은 반품이 얼마나 들어올까?' 반품된 제품을 꼼꼼히 살핀다. 쇼핑몰의 문제점을 살

필 수 있는 가장 좋은 방법이다. '이 제품은 사이즈가 작은가' '이 제품은 반품이 계속 들어오네. 우리 쇼핑몰 스타일하고는 안 어울리나?' 다음날 MD회의의 중요한 의제가 된다.

일곱 시 직원들은 다 퇴근을 했다. 아내와 나만 남았다. 신상을 하는 날이다. 도매시장이 아홉시에 열리니, 그 시간까지는 사무실에서 기다린다. 무심결에 둘러본다. 언제 이렇게 사무실이 커졌지. 입가에 미소가 퍼진다. '실감 나지 않네!' 장난같이 시작한 쇼핑몰이 이렇게까지 오리라곤 생각하지 못했다. 직장 다니는 월급 정도만 벌어도 좋겠다고 시작했는데. 웹팀자리 3명, MD 3명, CS 2명, 배송팀 4명의 자리를 둘러보고 시장으로 향한다.

아홉 시 제일평화, 동평화, 유어스 등 일반인들은 생소한 도매시장들이 동대문에는 많이 있다. 그래서 인터넷 쇼핑몰이 인근에 많이 포진해 있다. 우리 사무실도 걸어서 갈 정도다. 도매시장 사장들이 먼저 인사를 건넨다. 서로 자신의 제품을 넣으라고 신상을 권한다. 실감 나지 않는다. 불과 1년 전만 하더라도 좋은 신상을 달라고 통사정을 해도 주지 않았다. 시장은 바로 반응을 보인다. 제품을 잘 팔면 1주일만이라도 대우가 달라진다. 그래서 항상 긴장을 해야 한다. 처남이 사진을 맡고 어렵게 스타일이 좋은 모델을 구할 수 있어서 쇼핑몰 스타일이 좋아졌다. 업체만큼이나 인터넷의 반응은 즉각적이다. 아홉시에 신상을 시작하면 새벽 두시가 다 되어서 끝난다. 구입한 신상은 사입 삼촌이 새벽에 사무실로 배달을 해준다. 새벽녘 집으로 돌아오는 차 안 피곤할 만도 한데 시장을 나갔다 오는 날이면 흥분이 된다.

"은영아, 지금까지 오기가 이렇게 힘든 줄 알았으면 시작도 안 했을 거야."

"그러게 오빠 시험 포기하고 시작할 때 정말 막막했는데. 그래도 우리가 잘될 줄 알았어."

아내는 씩씩하다.

내가 선택한 삶에서 성취의 기쁨을 맛보았다. 그동안 실패만 겪었는데 새로운 문이 열렸다. 삶의 한가운데서 사는 맛이 이런 거구나! 실패든, 성공이든 켜켜이 쌓여 오롯이 내 것이 되었다. 조금씩 자신에 대한 신뢰가 쌓인다. 차창을 내린다. 새벽의 쌀쌀한 공기를 마음껏 들이켠다. 달콤하다. 내가 주인공인 삶을 마음껏 즐기고 있다.

6

욕심이 사업을 그르치다

인터넷 쇼핑몰을 시작한 지 4년. 쇼핑몰과 도매시장은 역동적으로 움직이는 생명체다. 일주 일만에 새로운 업체가 생기고 사라진다. 우리 쇼핑몰은 직장여성을 위한 정장 스타일 옷을 판매했다. 트렌드가 급격하게 캐주얼로 바뀌고 있었다. 주 고객층은 10-20대로 빠르게 이동하고 있다. 매일 MD회의에서 이 문제의 대응이 가장 중요한 화두였다. 기존 고객층에서 더 시장이 큰 캐주얼 시장에 대한 욕심이 서서히 일어나고 있었다.

목요일 저녁. 제일평화, 동평화시장 등 모든 쇼핑몰이 신상을 하는 도매시장이다. 치열한 전쟁터다. 어제까지 있었던 업체가 사라지고 다른 업체가 들어와 있다. 처음에는 놀라서 다른 업체에게 물어보았다.

"○○ 업체 어떻게 된 거예요?"

"응, 망해서 문 닫은 거야. 이런 일이 일상인데 왜 그래?"

의류라는 특성상 매주 수십 개 의류 제작에 들어가므로 한 시즌만 판매가 부진해도 결정적 타격이 된다. 급변하는 의류시장은 변화에 민감한 자만이 살아남는다. 씁쓸하다. 꽤 오래 거래한 업체였는데.

"트렌드에 민감해야 해. ○○ 인터넷 쇼핑몰도 문 닫았잖아."

동대문시장은 정보의 장이다. 많은 쇼핑몰들이 동대문에서 신상을 하기 때문에 업체에게 듣는 얘기는 민감할 수밖에 없다. 특히 '어느 쇼핑몰이 대박이 났네.' 하는 말은 항상 나를 자극했다. 신상을 하면서 업체 사장들과 심각하게 이야기를 한다.

"사장님 안녕하세요, 요즘은 어떤 제품이 잘 나가요?"

"아, 이 제품 스타일난다에 들어가서 대박이 났어. 자기네는 반응이 없을 거야. 스타일을 보니 나이대가 있더라고."

그 쇼핑몰의 메인 화면만 보면 스타일을 바로 알 수 있다. 의류 판매의 중심이 로드샵에서 인터넷 쇼핑몰로 이미 이동해 있었다. 업체 사장들의 주요일과가 매출이 좋은 사이트의 동향 파악부터 시작하는 것이다.

"이 제품 넣고 싶은데 우리는 나이대가 있어서 통하지 않아요?"

아내는 입맛만 다시고 있다. 벌써 우리 쇼핑몰이 인기가 있다고 소문이 나서 유사한 사이트가 많이 생긴 상태이다.

그날부터 도매시장에서 매출 좋다고 들은 쇼핑몰을 검색하는 시간이 많아졌다. '아니 이 사이트 모델이 우리보다 스타일이 좋네.' '이 사이트는 사진이 너무 멋있다.' '이 사이트는 동영상을 찍어서 올리네.' 의류에 경험이 많지 않은지라 겉모습에 현혹되고 있었다. 오늘도 매출이 높다는 사이트를 보고 있는 중이다. 아내가 언제 옆에 왔는지 한마디 한다.

"오빠, 남의 사이트 너무 보지 마. 그러면 그 사이트 따라 하게 돼."

"그럼 우리 쇼핑몰 빨(스타일)이 흔들리는 거 알지? 그럼 어떻게 되는지도 알지?"

너무나 잘 안다. 의류 쇼핑몰은 각자의 빨(스타일)이 그 사이트의 생명 같은 것이다. 그 쇼핑몰의 특색을 잃는 순간 고객들은 냉정하게 떠난다. 머릿속으로는 잘 알면서도 욕심이 앞선다. 오늘도 시장에 갔다가 업체 사장이 한마디 한다.

"김 사장님, 이달 스타일난다가 글쎄 10억을 찍었는데?"

귀가 쫑긋하다. '아 캐주얼을 해야 하는데.'

다음날 아침 회의실. 아내와 MD들과 심각한 대화가 오고 간다.

"우리 사이트도 캐주얼로 바꾸어야 되지 않을까. 그러려면 지금 모델이 너무 나이가 들었어. 좀 더 젊은 모델로 바꾸자."

MD들과 아내는 한참을 말이 없다. 메인 모델을 바꾼다는 것은 그 쇼핑몰의 스타일을 결정하는 중요한 사안이기 때문이다.

"사장님 모델을 바꾸는 것은 신중해야 합니다. 모델 잘못 바꿨다가 문 닫은 쇼핑몰 한둘 아닌 거 아시죠?"

이미 마음속으로 결정을 한지라 이런 말이 귀에 들어오지 않는다. 모두의 염려를 무시하고 20대 초반의 모델로 바꾸었다. 모델이 교체되면 그에 따라 신상이 모델에 맞는 옷으로 바뀌게 된다.

모델이 바뀌고 첫 촬영 날. 처남의 스튜디오에서 촬영을 했다. 모델과 신상을 준비한 MD들 그리고 포토그래프 등 스튜디오가 분주하다. 의류 잡지 촬영을 많이 한 형님이 촬영을 하면서 고개를 갸웃거린다. '모델이 마음에 들지 않는가?' 내가 워낙 모델에 신경을 쓰니까 처남도 신경이 많이 쓰이나 보다. 네 시간의 촬영이 끝나고 나니 일곱 시가 넘어간다. 저녁을 먹으며 처남이 어렵게 입을 연다.

"매제 지금 모델과 스타일, 기존과 비교해 너무 젊은 거 아니야?"

"쇼핑몰 스타일이 갑자기 젊어지면 기존 고객들이 구매 하지 않을 것 같은데?"

걱정스러운 얼굴로 얘기한다. 욕심이 눈앞을 가리면 무슨 얘기도 귀에 들리지 않는다.

"형님 지금 트렌드가 캐주얼로 가고 있어요. 우리 쇼핑몰도 트렌드를 따라가지 않으면 도태하게 돼요."

확신에 찬 대답에 처남은 더 이상 말문을 닫는다. 그래도 걱정스러운 표정은 가시지 않는다.

"그래도 매제 쇼핑몰 스타일 바꾸는 것은 신중하게 해."

그때는 주위의 조언이 귀에 들어오지 않았다. 마음속에 업체 사장이 말한 '00 사이트 이번 달에 10억을 찍었는데.'라고 하는 얘기만 공명이 되어 울리고 있다.

모델을 바꾸고 촬영한 신상을 올린 첫 주 금요일 아침이다. 한 주의 판매액을 분석하는 회의 자리.

"이번에 올린 신상이 반응이 전혀 없네. 어떻게 생각해?"

"사장님 모델이 바뀌고 신상의 스타일도 바뀌었으니, 최소 한 달은 지켜보아야 하지 않을까요?"

MD들 말이다. '그래 모델이 바뀌었는데 눈에 익는데 시간이 걸릴 거야' 자신을 위로하며 힘든 한 주를 넘긴다. 그 다음 주도 바뀐 모델이 찍은 신상들이 올라갔다. 쇼핑몰 메인은 바뀐 모델의 옷으로 채워지고 있었다. 매출은 갈수록 내리막길이다. 새로운 모델이 찍은 신상의 반응이 저조하다. 슬슬 겁이 난다. 그래도 이미 결정한 일이니 밀고 나가야 했다.

쇼핑몰을 정장에서 캐주얼로 바꾸어야 한다는 사실에는 누구도 반대를 할 수 없는 트렌드다. 문제는 방법이었다. 주 고객인 3-40대에 맞는 캐주얼로 바꾸어야 했다. 트렌드에 뒤쳐졌다는 조급함은 사업의 방향보다는 속도에 집착해 잘못된 길로 접어들었다. 모델을 바꾸고 두 달 후 쇼핑몰의 스타일은 몰라보게 달라져 있었다. 10-20대 쇼핑몰이라기에는 나이가 들고 30-40대 대상이기에는 젊은 스타일이었다. 한마디로 '애매한 포지션'을 하고 있었다. 매출은 반 토막이 나고 있었다. '무엇인가 대책을 세워야 한다. 마음이 조급하다.' '나는 왜 항상 실패를 겪어야 교훈을 얻는 것일까?' 이런 일상의 반복은 나 자신도 지겨워진다. 주위에서 그렇게 많이들 걱정을 했는데 조금만 마음을 열고 들었으면⋯⋯. 이미 엎질러진 물이다.

생업은 연습이라는 것이 없다. 잘못된 판단에 따른 결과를 오로지 내가 받아야 했다. 한 시즌의 매출을 모두 날렸다. 직원 급여를 걱정할 정도로 매출은 곤두박질하고 있었다. 이 뼈저린 실패의 경험은 향후 삶의 지표가 되었다. 사업이나 인생에서 중요한 것은 '속도보다 방향'이라는 것을 뼈에 새겼다. 실패의 경험은 삶의 지혜를 주었다.

7

사장님이 누구세요?

인터넷 쇼핑몰을 시작한 지 5년. 항상 목에 걸리는 가시가 두 개 있었다. 세금 문제와 낮은 마진율이었다. 특히 세금은 항상 걱정거리였다. 그 당시 도매시장은 인터넷 쇼핑몰의 매입에 대해 세금계산서를 발행하는 업체가 드물었다. 그래서 담당 세무사에게 문의를 하면 '다들 그렇게 하는데 무슨 문제가 되겠냐'고 한다. 불안한 예감은 항상 적중한다고 하는가.

모니터를 보고 한창 배송 준비를 하고 있었다. 배송실 컴퓨터는 출입구를 등지고 있었다.

"사장님이 누구시죠?"

등 뒤에서 낯선 목소리가 들린다. 뒤돌아보았다. 드라마에서 보던 장면이 보인다.

"저희는 국세청 세무 2과에서 세무조사 나왔습니다."

세무공무원으로 보이는 10여명의 사람들이 서 있다.

"네, 제가 대표입니다."

"세금 탈루 의심이 있어 조사를 하겠습니다. 협조 부탁합니다."

라는 말이 떨어지자마자 사람들이 일사 철리로 움직인다. 순간 머릿속이 하얘지며 사업 초기의 장면이 떠오른다.

사업 초기 포토그래퍼인 처남 스튜디오에서 모델 촬영을 하고 있었다.

"세금은 어떻게 하고 있어?"

"그게 문제예요. 도매시장에서 세금계산서를 잘 발행해 주지 않아요. 그러니 매입 자료가 없어요."

"그럼 세무사와 의논을 해봐. 그러다가 큰일 나, 매입 자료가 없으면 매출이 모두 이익이 되잖아."

사진 촬영이 끝날 때까지 걱정이 계속되었다. 다음날 세무사 사무실. 40대 후반의 세무사는 마음씨 좋은 인상을 하고 앉아있다.

"세무사님 저희 쇼핑몰 매출이 늘어나고 있는데 매입 자료가 없어요. 시장에서 세금계산서 발행을 잘해주지 않아요. 어떻게 해야죠?"

"사장님 저도 인터넷 쇼핑몰 여러 업체를 하고 있는데 다들 사정이 사장님과 같아요. 매입자료 없이 신고하고 있어요. 무슨 별일이 있겠어요?"

너무나 편안하게 얘기를 한다.

"사장님 너무 걱정하지 마세요. 시장도 얼마 지나지 않아 세금계산서 발행을 할 겁니다, 정부에서도 시장에서 세금계산서 발행을 하지 않는다는 것을 잘 알고 있으니 염려하지 않아도 돼요."

세금 쪽에는 지식이 없는 나는 세무사의 말만 철석같이 믿고 사업을 해왔다.

세무조사를 받기 일 년 전 그날도 오후 배송 준비로 바쁘게 일을 하고 있었다.

"실례합니다. 사장님이 어느 분이 시죠?"

젊은 세무사가 영업을 나왔다. 자신은 인터넷 쇼핑몰을 전문으로 하고 있는 세무사라고 소개했다. 그렇지 않아도 세금 문제로 항상 걱정을 하고 있었다.

"사장님은 기장을 하시나요?"

"기장이 무엇인가요?"

"쉽게 말해서 매입/매출을 장부로 정리하는 것입니다."

"아니 매입 자료가 없는데 어떻게 기장을 합니까?"

"사장님 인정 과세라는 것이 있어요. 도매시장에서 세금계산서를 잘 발행하지 않는다는 것을 세무당국도 잘 알고 있어요. 그래서 계산서 말고도 매입을 인정될만한 장끼(영수증)나 ATM기의 현금영수증을 첨부하여 매일 정리를 하면 됩니다."

머리를 한대 심하게 얻어맞았다. 한순간 멍하다. '왜 이제야 알았지 사업을 한지 벌써 4년 동안 왜 몰랐을까?' 자신이 너무나 한심해 보였다.

"사장님 지금이라도 세무자료를 옮겨 주시면 기장을 해드리겠습니다."

젊은 세무사의 말에 그 자리에서 세무사를 옮기기로 결정 했다. 그렇게 매일 장끼(영수증)와 현금출납 영수증을 모아서 한 달에 한 번 세무사에게 보냈다.

"세무조사는 보통 5년 차에 많이들 나옵니다. 준비를 하여야 할 것 같습니다."

새로운 세무사의 말이 걸린다.

올해가 바로 5년 차다. 불안한 예감은 항상 맞는다고 했던가.

"사장님이 누구시죠?"

이 말은 나도 모르게 섬뜩한 느낌으로 다가왔다.

"저희는 국세청 세무 2과에서 나왔습니다. 세금 탈루 혐의가 있어서 조사 나왔습니다. 협조 부탁드립니다. 그리고 세무대리인이 있으면, 지금 데리고 오시기 바랍니다."

십여 명의 세무조사 공무원들의 움직임이 일사불란하다. TV에서만 본 장면이 눈앞에 펼쳐지고 있었다. 수 십대 컴퓨터 본체를 모니터와 분리한다. 그리고 책상 위에 있는 모든 문서를 박스에 담는다. 직원들도 놀래서 일손을 놓고 멍하니 바라보고만 있다. 모두의 눈길이 나에게 향하고 있다.

"걱정들 하지 마. 무슨 오해가 있는 것 같다. 그리고 OO 쇼핑몰도 얼마 전에 세무조사를 받았데. 내가 잘 소명하면 오해가 풀릴 거야."

직원들을 안심시켰다. 그리고 세무사한테 급하게 전화를 했다.

"세무사님 국세청 세무 2과에서 세무조사 나왔어요?"

"사장님 대책을 논의해야 하니까 일단 사무실로 오세요."

"네 알겠습니다." 손이 떨리고. 맥박이 빨라진다. 머릿속이 하얘졌다. 멍한 상태에서 후들거리는 다리를 끌고 겨우 나왔다. 세무사 사무실까지 어떻게 왔는지 모르겠다.

세무사 사무실 안. 30대 중반의 세무사 얼굴에 당황한 기색이 역력하다.

"사장님 지금 문제가 되는 것이 제가 맡기 전인 것 같습니다."

쇼핑몰을 맡은 지 일 년도 안돼서 일이 터졌으니 당황하는 것도 이해가 되지만 말이 거슬린다. 감정을 억누르고 입을 떼었다.

"지금 상황에서 어떻게 하면 될까요?"

"사장님 그런데 제가 이상한 것은 보통 세무조사는 관할 종로 세무서에서 나와요. 본청에서 나온다는 것이 이상합니다."

"본청은 대기업 등 탈루액이 수백억 원 의심되는 건만 나와요. 그리고 걱정이 되는 것이 본청에 과가 5개 정도 되는데 2과가 제일 조사가 심하데요."

"세무사님 최근 1년 저희 매출신고액이 얼마정도 되죠?"

"예 한 15억 정도 되는 것 같아요."

"그리고 사장님 제가 알아보니까 2과에 OOO 주임이 있는데 이 분이 정말 사이코예요."

"눈에서 레이저가 나온다고 합니다. 동기들은 다 과장, 팀장 되었는데 이분만 아직도 주임 이예요. 그 정도로 인정사정 안 보고 조사합니다."

"이분한테 걸리면 십 원 한 장 다 털린다고 합니다. 세무조사 오면 이분한테만 걸리지 말라 달라고 세무사들이 기도한답니다."

입안이 마른다. 머릿속은 생각이 사라진다. 그냥 '멍! 하다.' '어떻게 해야 하나, 어떻게······.'

"사장님 제가 가봐야 별로 할 일이 없을 것 같습니다."

"오히려 아무것도 모르는 사장님이 응대하는 것이 그 사람들을 덜 자극할 것 같아요."

"세무조사도 사람이 하는지라 자극을 안 한 것이 좋을 것 같아요."

대책 아닌 대책회의를 하고 나왔다.

쇼핑몰 사무실로 오는 길에 마음속으로 되뇐다. '세상에서 가장 나쁜 죄는 무지다, 무지다, 무지다.' 진작 다른 세무사를 몇 명만 알아보았으면 오늘 같은 일은 일어나지 않았을 것 아닌가. 아무리 복기를 해봐도 나 자신이 너무 한심했다. '30대에 시작하여 어렵게 쌓아온 공든 탑인데 이렇게 무너지는가?' 죽음보다 더 두려운 공포가 몰려온다. '어떻게 해야 하나? 어떻게 해야 하나?' 답이 떠오르지 않는다.

얼마 전부터 쇼핑몰 업체에서 소문이 돌고 있었다. 일 년 매출이 수십 억대를 찍는 업체가 세무조사를 받아서 회생불능 사태가 되었다고 소문이 파다했다. 그 업체의 조사에서 연관하여 도매시장 수십 업체가 같이 조사를 받았다. 그래서 최근에는 세금계산서를 발행하는 업체가 늘고 있었다. 너무 늦었다. 과거 5년 치를 전부 조사에 들어갔다. 사방이 깜깜한 벽으로 둘러싸여 있다. 출구가 보이지 않는다.

시련의 파고는 갑자기 예상치 못한 높이로 닥친다. 그 파고를 온몸으로 맞았다. 멘탈이 산산 조각났다. 그래도 피하지 않았다. 그 파고를 헤쳐나 오는 첫걸음은 도망가지 않고 부딪치는 것이다. 해결책은 그다음의 문제다.

도망가지 않고 정면으로 맞섰다. 그리고…….

8

솔직함/절실함의 힘

회사로 오는 짧은 시간 동안 머릿속이 복잡하다. '그냥 솔직하게 다 털어놓고 선처를 구할까? 할 수 있는 데까지 버틸까?' 두 생각이 복잡하게 괴롭힌다. 어느 사이 회사 건물이 보인다. 모르겠다. 일단 부딪혀 보자.

문을 열고 들어가니 불 꺼진 사무실에는 정적만 흐른다. 세무 공무원들이 눈에 띄지 않는다. 회의실에서 말소리가 들린다. 회의실 문을 조용히 열었다. 눈앞에 장면을 보고 입이 쩍 벌어졌다.

세무공무원 십여 명과 아내가 회의실 탁자에 앉아서 맥심 커피를 먹고 있다. 심지어 웃으며. '어떻게 된 상황이지?' 멍하니 바라보고 있으니 앉으라고 한다. 아내는 믹스커피를 종이컵에 타서 건넨다. 눈빛이 마주쳤다. 머리를 가로젓는다. 아내가 건네주는 커피를 떨리는 손으로 받다 떨어뜨렸다. 유리 탁자 위에 진회색 커피가 퍼진다. 놀랜 손으로 급히 닦는다. 그런 나를 안타까운 눈으로 바라보는 이들이 있다.

"아이쿠 죄송합니다!"

"아니 괜찮습니다."

인상 좋은 젊은 세무조사원이 대답을 한다. 그제야 조사 나온 공무원 얼굴이 보인다. '눈에서 레이저가 나오는 사람이 누구일까' 한 명씩 찬찬히 살펴본다. 10여 명 중 유독 눈에 띄는 사람이 있다. 40대 후반의 곱슬머리의 공무원이다. 깡마른 체구에 검은색 동그란 안경을 쓰고 전형적인 공무원 셔츠를 입고 있다. 눈빛이 예사롭지 않다. '찔러도 피 한 방울 안 나올 인상'이다. 이 사람이구나!

잠시 후 입을 연다.

"김홍선 대표님 맞으시죠. 저희가 현장조사를 나오기 전에 며칠에 걸쳐서 사전조사를 합니다. 지금 집은 어머니 OOO 씨 명의로 되어있죠?"

그리고 조사 내용을 한 번에 말한다. 마무리에

"사모님이 모든 혐의를 인정하셨고, 계좌를 포함한 필요한 자료 일체를 넘겨주셔서 조사는 길지 않을 예정입니다."

맥이 탁 풀어진다. 아내를 쳐다보았다. '이미 다 알고 왔어' 눈빛으로 얘기를 한다.

아내가 내 고민을 미리 해결해 주었다. 일말의 희망이 사라지니 차라리 마음이 편해진다. 추가 조사를 위해 시간이 걸린다고 한다. 막내로 보이는 조사원이 담배를 피우기 위해 자릴 뜬다. 나도 슬며시 따라 나간다. 못 피는 담배를 같이 피우면서 말을 건다.

"저희 때문에 고생이 많으시네요. 혹시 아이는 있으세요?"

"예, 얼마 전에 쌍둥이 아들을 낳았습니다."

"쌍둥이 아들이 얼마 전에 돌이 지났는데요." 대화를 텄다.

"그럼 우리는 어떻게 되는 겁니까?"

"저희도 무척 당황스럽네요. 본청은 주로 기업을 담당해요. 탈루액이 적어도 수십억 원이 되어야 나가는데."

"여기는 조사할 때부터 이상했어요. 빼돌린 재산이 조사되지 않아서요. 그런 경우 종종 현장조사 나옵니다."

"현물로 빼돌린 경우도 있으니까요. 그런데……."

말을 더듬는다.

"두 분을 보니 재산을 빼돌린 것은 아닌 것 같은데 ○○○ 주임님도 무척 당황하는 눈치입니다."

잠시 후 자료를 가지고 공무원들이 회사를 떠났다. 회의실에 아내와 나만 남았다. 한동안 정적이 흘렀다.

"오빠가 나간 사이 얘기를 해보니 모든 것을 파악하고 나왔더라고. 차라리 모두 말하고 선처를 구하는 것이 최선일 것 같았어."

"그리고 OOO 주임이라는 분 너무 무서워."

아내는 직관적이다. 생각이 많은 나와는 정반대다. 이번에는 아내의 판단이 맞기를 바랐다. 그날 밤을 꼬박 새우고 출근 했다. 공포가 나를 집어 삼키고 있었다. '앞으로 어떻게 될까?' 어제 같이 담배를 피운 조사원의 명함을 꺼내 들었다. '전화를 할까, 말까' 아침부터 고민이 깊어진다. 시계는 오후 두시를 넘기고 있었다.

전화를 했다.

"오늘 OOO 주임님 주재로 회의가 있었어요. 어제 한잠도 못 주무신 것 같았어요."

"젊은 부부를 살릴 수 있는 방안이 있는지 말들 해보라고 하는 거예요."

"모두 놀랬어요. 저도 그분 안 지 5년 넘었는데 처음입니다. 회의 하는데 2국 조사원 마음이 모두 같긴 했어요."

"주임님이 '세무조사 20년 하면서 멱살잡이나 쌍욕을 먹는 것은 그나마 괜찮은 거야. 폭행까지 당하는 것도 자주 있는데. 맥심커피 타주는 데는 20년 만에 처음이다. 당황했다. 두 사람 재산을 빼돌리거나 할 사람 같지는 않아. 법 안에서 최대한 선처를 할 수 있는 방안을 마련해 봐. 마음이 안 좋다.' 이렇게 말씀하시는 거예요. 저희도 최대한 선처 방안을 마련해 보겠습니다."

수화기 넘어 들리는 말소리는 하느님의 복음처럼 들렸다. 솔직함과 절실함이 OOO 주임의 강철 같은 마음도 움직이는구나! 밤을 꼬박새운 피로감이 밀려온다. 나도 모르게 안도의 한숨이 나온다. 결과가 어떻게 되든지 그냥 '살았다.' 이 생각만 떠오른다.

그때 아내와 내 모습은 사자 앞에 토끼의 모습이었다. 그것도 어린 새끼를 세 명이나 안고. 삶의 벼랑 끝에서 절박함과 솔직함으로 기적같이 살 길을 찾았다. '사람의 마음을 움직이는데 솔직함과 절박함만 한 것이 없구나.' 이 경험은 인생을 사는데 많은 영향을 끼쳤다.

어떤 경우도 솔직하고 절실하게 살려고 노력한다. 그것이 우리에게 많은 것을 말해 주었기 때문이다.

제3장

살아남아야 한다

1

턱이 빠진 겁니다

세무조사를 받은 날. 퇴근하고 집에 들어왔다. 손 하나 까닥할 힘이 없다. 첫째 딸 지윤이와 갓 돌이 지난 쌍둥이, 어머니가 반긴다. 어머니는 들어오면 항상 우리 표정부터 살핀다. 아이들 육아를 도맡아 하고 있어 항상 얼굴에 피곤이 가득하다. 곧바로 안방으로 들어와 침대에 누었다. 밖에서는 아내와 어머니가 소근 대근 소리가 들린다.

"은영아, 오늘 밖에서 무슨 일이 있었니? 홍선이 얼굴이 많이 안 좋아 보인다."

"네……. 어머니"

아내가 말을 머뭇거린다. 집에 들어오는 차 안에서 아내에게 당부를 했다.

"은영아 당분간 집에는 세무조사 얘기하지 말자. 엄마 그렇지 않아도 아이들 키우느라 힘든데."

"알았어. 근데 어머님이 눈치가 워낙 빨라서 숨길 수 있을지 모르겠어."

"어머니 별일 없었어요. 오늘 오빠가 피곤했나 봐요."

아내는 그냥 얼버무렸다. 엄마도 더 이상 묻지 않는다.

오늘 일어난 일이 선명하게 떠오른다. 그 많은 세무조사원들이 회사를 완전 뒤집어 놓았다. 배송도 못했다. 놀랜 직원들 안심시키는 일이 먼저였다. 하루가 십 년이라더니. 분위기가 심상치 않음을 눈치 챈 어머니는

"지윤 아범 저녁 먹어라, 좋아하는 것 만들어 놓았어."

"예 생각 없어요, 아이들이랑 먼저 드세요. 그냥 쉴게요."

나가서 어머니를 상대할 힘이 없다. 오늘 일어난 일을 계속 떠올린다. '도대체 어떤 결과가 나올까?' '진즉이 지금 세무사를 만났으면 좋았을걸.' '아! 무지는 세상에서 가장 나쁜 죄다?' 마음속으로 수없이 되뇐다. 아버지가 돌아가신 후 맞는 가장 큰 시련이다.

잠시 후 어머니가 방에 들어온다. 그리고 강제로 나를 일으켜 식탁으로 앉힌다. 눈치를 보니 아내가 대충 이야기 한 모양이다. 어머니가 충격을 받는 것이 가장 아프고 고통스럽다. 아내가 내

눈치를 살핀다.

"홍선아, 산 입에 거미줄 안친다. 어떻게 해서든 산 사람은 살기 마련이다."

의외로 담담하게 말을 한다.

"너의 아버지 돌아가시고 맨주먹으로 너를 공부시키고 여기까지 온 것도 기적이야."

"나는 한 번도 남에 밑에 들어가서 일할 생각은 하지 않았다."

"그러니 내가 식당을 내고 이렇게 너를 공부시키고 서울에 집까지 살 수 있었어."

"다 마음먹기에 달렸어, 네가 건강해야 이 일도 이겨낼 것 아니냐." 그리고 숟가락을 건넨다.

어머니와 아내의 얼굴을 바라보았다. 다들 감정을 숨기고 담담한 표정을 지었다. 생각보다 가족들은 강했다. 아내와 어머니는 보란 듯이 밥 한 공기 뚝딱 해치운다.

12시가 넘었다. 잠이 오지 않는다. 옆에 누워 있는 아내도 뒤척인다.

"은영아, 우리가 어디서부터 잘못된 것일까? 매입 자료가 없어서 나중에 문제가 될 것은 알았는데."

"그러게 오빠 너무 자책하지 마. 이미 일어난 일인데 어떻게 하겠어?"

"어떻게 수습하지? 일단 세무공무원들한테는 나쁜 인상은 준 것 같지 않아."

"그래 네가 맥심 커피를 타 준 건 잘한 것 같다. 그리고 나니 분위기가 많이 풀어지더라."

"어머니 말씀처럼 산입에 거미줄 치겠어. 해결 방법이 있을 거야."

아내의 말이 귀에 들어오지 않는다. 자책하는 마음은 사라지지 않는다. '진작 처남 말을 들어 세무사를 다시 알아보았으면, 그래서 장끼(계산서)로 기장을 했으면 이런 일은 없었을 텐데……'

생각이 꼬리에 꼬리를 물고 일어난다. 벌써 새벽 2시가 넘어가고 있다.

어느새 잠이든지 모르겠다. 날이 밝아 눈을 떴다. 아내를 불렀다. '은영아……' 소리가 나지 않는다. 다시 한 번 부른다. '은영아.' 입이 벌어지지 않는다. 꿈을 꾸고 있나? 얼굴을 쳐본다. 아프다. 왜 입이 벌어지지 않지? 갑자기 공포가 밀려온다. '이대로 죽는 것인가?' 온몸이 힘이 빠지면서 일어날 수가 없다. 한참을 꼼짝하지 않고 누워 있었다. 밖은 점점 밝아오고 있다. 심호흡을 하고 일어났다. 아내가 아침을 만들고 방으로 들어온다.

"으으으……"

손으로 턱을 가리킨다.

"오빠 무슨 일이야? 왜 말을 못 해."

"으으으(입이 안 벌어져?)……."

계속 짐승 같은 소리를 내고 있었다. 아내는 놀래서 소리를 친다. 턱으로 손을 가리켰다.

"왜 오빠 턱이 아파?"

아내의 놀랜 소리에 어머니가 달려온다.

"은영아 빨리 병원에 가봐라. 입이 안 벌어지는가 보다."

급히 집 근처 치과를 갔다. 엑스레이를 찍고 의사 앞에 앉았다.

"턱이 빠진 것 같아요. 빨리 치료를 받아야 할 것 같아요. 턱관절 전문 병원으로 가보세요."

"선생님 그럼 턱관절 전문으로 하는 병원이 어디에 있죠?"

"일단 대학병원을 찾아보세요. 아무래도 전문분야가 많으니까. 그런데 턱관절은 많지가 않아서 찾기가 쉽지는 않을 겁니다."

급한 대로 대학병원을 검색하여 몇 군데 전화를 한다.

"저희 병원에서 턱관절치료를 하는데요. 교수님이 한 분밖에 없어서 진료 받으려면 6개월은 기다려야 해요."

난감하다. 당장 입이 벌어지지 않는데 6개월을 기다려야 한다니…….

몇 시간을 검색을 하여 송파구에 있는 개인병원을 찾았다. 엑스레이를 찍고, 턱 부근 근육에 긴장을 풀어주는 스프레이를 뿌

려준다. 잠시 후 겨우 입이 벌어진다.

엑스레이를 보며 의사가 입을 연다.

"턱관절 장애입니다. 턱관절은 턱뼈와 머리뼈를 연결해 주는 관절입니다. 턱뼈가 걸려있는 부분을 디스크라고 하는데 이 디스크가 손상된 것 같아요. 여기 보이는 디스크 부분의 뼈가 봉긋하게 나와 있어야 하는데 완전히 평평해요."

"왜 그런 거죠, 어제까지 멀쩡했는데?"

"턱관절 장애의 원인은 수십 가지가 있지만 스트레스가 가장 큰 원인입니다."

"그런 분들은 밤에 잘 때 입을 앙다물고 자요 그러면 디스크 뼈가 갈아지게 됩니다."

"선생님 요즘 들어 극심한 스트레스 받은 일 있으세요?"

무어라 대답할까? 잠시 고민을 했다. 세무 조사받았다고 얘기할 수도 없고.

"하루 밤만 에도 이런 일이 일어날 수 있나요?"

"그럴 경우는 드물지만 있을 수 있습니다. 예를 들어 생명의 위협을 받는 경우 등 극심한 스트레스 상황이면 가끔 있을 수 있습니다."

엑스레이를 가만히 바라본다. 턱관절의 디스크 부분이 봉긋하게 나와 있는 부분이 거의 없다. 디스크 뼈가 평평하게 갈릴 때까지 나에게 무슨 일이 일어나고 있었던 건가?

"빨리 치료를 해야 합니다. 매우 심각합니다. 일단 스프레이로 턱 부근 경직된 근육을 풀어주어 입은 벌릴 수 있지만, 근본적인 치료를 해야 합니다."

"그리고 스트레스 더 이상 받으시면 안 됩니다. 그러면 아무리 치료해도 호전되지 않습니다."

스트레스를 받지 말라고 한다. 어떻게 해야 스트레스를 받지 않을 수 있을까?

누구나 처음 겪는 일이 제일 두렵다. 사업을 시작하고, 성장을 하며 자리를 잡으려는 순간 세무조사를 받았다. 그동안 이룬 것이 한순간에 물거품이 될 수 있는 상황이다. 하나밖에 생각나는 것이 없다.

이 사태를 수습할 사람은 나뿐이라는 것. 몸부터 챙겨야 했다. 세상에 제일 무서운 것이 가장의 책임감이었다. 사느냐 죽느냐 절체절명의 순간, 사방이 깜깜한 절벽. 맞설 수밖에 없는 상황은 오히려 나에게 힘을 주었다.

죽을힘을 다해 현실을 응시하고, 움직였다. 그리고…….

2

절대긍정의 힘

세무조사를 받고 일주일 후 전화가 왔다.

"사장님 조사는 거의 끝났어요. 마무리 추가 조사가 있어서요. 잠깐 나오셔야 할 것 같습니다."

말을 튼 막내 조사원에게 전화가 왔다. 다음날 아침 아내와 서울시청 옆 세무서로 들어갔다. 사무실에 들어가니 직원들의 분위기가 한가하다. 한번 조사에 들어가면 전 직원이 최소 일주일은 집에 못 들어가고 밤을 새운다고 한다. 우리는 관련 자료를 순순히 다 넘겨주어 조사할 일이 별로 없었다고 한다. 그래서인지 다들 우리에게 호의적이다. 자리를 권하고 커피를 준다.

2과 담당 팀장이 우리를 맞이한다. 50대 초반정도 인상이 매서

우나 우리를 바라보는 눈빛이 안쓰럽다.

"그동안 마음고생이 심했지요? 다들 조사를 받으면 놀래고 힘들어해요."

"저희도 마음이 좋지가 않아요. 그래도 법이 있으니 그 절차를 따라야 해요."

"그럼 저희는 어떻게 되는 건가요?"

"저희가 일단은 5년 치 매출을 산출했어요. 최근 2년간 매출이 급상승했네요?"

"그런데 매입을 입증할 자료가 너무 없어요. 저희가 도와주고 싶어도 근거가 될 만한 자료가 있어야 하는데…… 너무 없어요."

팀장도 안타까운지 잠시 말을 잇지 못한다.

"저희가 최소한으로 산출해도 부과액이 한 20억 정도 될 것 같습니다."

잘못 들었나? "얼마라고요?"

"20억 입니다."

'허억' 입이 떡 벌어졌다. '20억, 20억이라니…….'

"지금 하시는 쇼핑몰은 정리하는 것이 좋을 거예요. 곧 확정되면 압류가 들어갈 겁니다."

"들어오는 판매액이 바로 차압됩니다. 빨리 정리하고 다른 길을 찾아보세요."

얼어붙은 표정을 본 팀장의 얼굴이 어두워진다. 마치 자신의 잘

못으로 이렇게 된 것 같이.

한동안 정적이 흘렀다. 어떻게 만든 사업인데. 아내와 중화동 작은 사무실에서 똑딱이 사진을 찍으면서 시작한 사업. 그동안 시간이, 그동안 노력이……

"다른 방법은 없는 건가요?"

"20억은 저희가 감당할 수 있는 금액이 아닌 것 같은데요."

주위에서 듣고 있는 다른 직원들도 안타까운 표정을 짓는다.

"저희도 규정이 있어서 따라야 합니다. 두 사람 젊으니까 새 출발하도록 해요."

팀장과 말을 마치고 나오려는데 다리가 후들거려 일어날 수 없었다. 마른 숨만 쉬고 있었다.

사무실 한쪽에 앉아있는 OOO 주임과 눈이 마주쳤다. 안경 너머 동공이 심하게 흔들린다.

"이 사람아! 다음에 사업을 할 때는 세무관계를 잘 알아보고 해."

떨리는 목소리로 한마디 한다. 그리고 다가와 손을 내민다. 기분이 묘하다. 겨우 일어나 나왔다. 팀장이 밖에까지 따라 나온다. 내 손을 꼭 잡으며 한마디 한다.

"힘내요. 두 사람은 젊으니까……."

말을 잇지 못한다. 안타까운 마음이 얼굴에 그대로 쓰여 있다.

참 고마운데……. 웃어야 하나 울어야 하나.

서울시청 옆 세무서를 나왔다. 거리 풍경은 싱그럽다. 가로수
는 녹색 잎이 무성하고 날씨 또한 청명하다. 이런 날씨가 나를 더
욱 초라하게 한다. 아무 말 없이 전철역으로 걸어갔다. 1호선 시청
역 3번 출구가 보인다. 개찰구를 지나 전철을 기다린다. 주위 소
음이 들리지 않는다. 정적이 한참 계속되었다. 아내가 팔을 끌어당
긴다. 열차에 올랐다. 자리가 듬성듬성 보인다. 그냥 멍하니 창밖
을 내다본다. 생각이 '20억입니다'에 고정되어 있다. 아내와 눈을
마주쳤다. 입을 열 힘이 없다. '어떻게 하지?' 한참 시간이 흐른 후
겨우 떠오른 한마디. 동묘역에 도착했다. 전철을 내려 계단을 오른
다. 마지막 계단은 등산을 해도 될 만큼 가파르고 길다. 이 계단을
아내는 쌍둥이를 임신하고 만삭까지 오르내리며 쇼핑몰을 운영했
다. 힘에 겨워 여러 번 가쁜 숨 쉬면서 올랐다. 그렇게 만든 쇼핑몰
인데…….

사무실로 들어왔다. 극단적인 상황에 몰리니 생각이 단순해진
다. '살 것이냐, 죽을 것이냐?' 두 생각만이 치열하게 싸운다. 애를
써도 자꾸 나쁜 쪽으로 기울어진다. 가장 편한 방법이다. 사는 것
이 죽는 것보다 힘들다는 말을 절절히 느끼고 있다. 사무실을 대
충 정리하고 일찍 집으로 들어갔다. 오후 다섯시. 어린이집에서 태

후 태양 이를 데리고 왔다. 이 시간에 들어온 것이 얼마만인가? 쇼핑몰을 하는 5년 동안 일찍 들어온 날이 손에 꼽을 정도다. 그래도 밝게 웃는 쌍둥이를 보니 나도 모르게 웃고 있다.

그날 저녁 잠이 오지 않는다. '어떻게 해야 하나? 어떻게 해야 하나?' 사방이 깜깜한 벽이다. 마음은 집 앞에 있는 서강대교 난간을 넘어가고 있다. '그러지 말아야지!' 순간적으로 생각을 떨쳐낸다. 답답한 마음에 거실로 나가 자고 있는 쌍둥이 얼굴을 들여다보았다. 한참을 보다가 정신이 번쩍 들었다. '나 혼자 편할 수가 없구나.' ' 책임져야 할 식구가 너무 많다. 어떻게 하든 살아남아야 한다.'

그럼 '어떻게 살아남아야 할 것인가?' 밤을 새워 자신에게 질문을 던졌다. 내 자신도 수긍할 확실한 이유가 있어야 했다. 고민을 하다 하다 이 글귀가 생각났다. '하늘은 인물을 크게 쓰려면 먼저 시련을 내려 보낸다' 이 말도 안 되는 긍정이라도 해야 했다. '아 하늘이 나를 얼마나 크게 쓰시려고 이 시련을 주시는 것인가? 감사히 받겠습니다.' 이 말을 되뇌어 보았다. 또 '아내와 내가 교통사고를 당해서 중환자실 있는 것보다는 지금 상황이 훨씬 좋은 것 아니냐' 이 막막한 상황을 살기 위해 긍정적 시각으로 보는 것부터 시작했다. 그래서 내 긍정은 생존을 위한 절대 긍정이다.

다음날부터 목숨 걸고 하루 종일 되뇌었다. '하늘이 나를 크게 쓰려나 보다. 감사합니다. 감사합니다.'

이렇게 하지 않으면 살 수가 없었다. 두 가지 선택지 중에 나는 '사는 것'을 선택했다.

며칠을 하루 종일 이 말을 되뇌며 살았다. 그랬더니 '죽고 싶다'는 부정적 생각이 줄어들며 마음이 차분해 진다. 생각이 정리가 되니 당장 할 수 있는 일부터 찾았다.

"은영아 무엇부터 하면 될까?"

"빨리 쇼핑몰을 정리해야 하지 않아?"

"우리 쇼핑몰에 관심이 있던 OOO에게 인수 의사를 물어보자. 그게 결정되면 직원들에게 얘기하고." 내가 뽑은 사람을 내보내야 하니 가슴이 답답하다.

"그동안 부채도 상당하고 결재할 돈도 많이 있는데……. 큰일이다. 쇼핑몰 정리해서 해결했으면 좋겠다."

"오빠 애들 생각해서 긍정적으로 생각하자."

"그래 나도 긍정적으로 생각하기로 마음먹었어. 엄마 말대로 산 입에 거미줄 치겠니?"

다행히 평소 우리 쇼핑몰에 관심이 있던 지인에게 넘기고 부채의 일정 부분을 정리할 수 있었다.

삶의 벼랑 끝. '살 것인가?, 죽을 것인가?' 갈림길에서 살기위해 절대긍정의 동아줄을 잡았다. 놓으면 천 길 낭떠러지. 목숨 걸고 절실하게 모든 것을 긍정했다. 할 것이 없으면 숨을 쉬는 것만도 감사했다. 생각이 긍정적인 시각으로 서서히 바뀌었다. 꽉 막힌 캄캄한 방에 한줄기 빛이 들어왔다. 바로 할 수 있는 것부터 움직였다. 애들을 생각하니 걱정, 불안, 두려움은 사치였다. 매사 '감사합니다'를 외치며 해결을 위한 실행에만 초점을 맞추었다. 엉킨 실타래가 하나씩 풀리기 시작한다.

아무리 어려운 상황도 '감사합니다.' 이 한마디로 다시 일어나는 시작이 되었다. 생존을 위한 절대 긍정 그 힘은 놀라웠다.

3

아이 3명의 힘

사업이 위기가 닥쳤을 때 아이들은 나를 지탱 해준 버팀목이었다. 첫딸 지윤이가 놀이터를 나가 놀면서 동생 이야기를 했다. 새로 시작한 쇼핑몰은 아직 자리를 잡기 전이었다. 매일이 경제적으로 부담스러운 상황이었다.

"오빠 지윤이가 자꾸 동생을 낳아달라고 하는데, 지윤이로 끝낼 거야?"

"아니 하나는 너무 외롭지, 그런데 지금은 경제적으로 힘들다. 내년에 낳으면 안 될까"

"올해 못 낳으면 내년에도 못할 것 같아. 내년이라고 좋아진다는 보장이 없지 않아."

맞는 말이긴 한데. 며칠을 고민을 해도 아내 말이 맞다. 직장을 그만둔 무모한 선택을 한 경험은 '일단 저질러 보자'는 결단을 하는데 도움이 되었다. 아내와 둘째를 낳기로 결정을 하고 행동으로 옮겼다. 임신을 하고 첫 초음파 검사를 받았다.

"태아가 조금 이상한데요. 심장이 두 개 같아요."

검사를 하는 레지던트가 당황을 해 담당 교수를 데리고 온다. 다시 초음파를 해보더니

"축하합니다. 쌍둥이네요."

"쌍둥이요?"

아내는 환하게 웃었다.

"당신은 아들 아니면 딸을 원해?"

"글쎄 딸은 있으니 아들도 괜찮을 것 같고, 그런데 아들 쌍둥이면 감당이 안 될 것 같기도 하고."

축하받을 일이긴 한데……. 조금은 당황스럽다. 아이는 2명만을 생각했는데 3명이 되었다. 그것도 동시에. 축복받을 일이었다. 육아를 도맡아 하신 어머니는 좋아 하시면서도 한숨을 쉰다.

아내는 쌍둥이를 임신하고도 계속 일을 해야 했다. 쇼핑몰을 운영하면서 아내와 나를 대신할 사람은 없었다. 오너가 열 사람 몫을 한다고 하지 않나? 일을 줄여 주려면 2-3명의 직원을 더 뽑아야 했지만 그럴 형편은 아니었다. 평소처럼 출근을 했다. 막달이 가까울수록 힘겨워했다. 신상을 하는 날은 도매시장을 새벽까지

돌아다녀야 했다.

"조금만 쉬었다 가자."

가쁜 숨을 몰아쉰다. 신상은 쇼핑몰의 매출과 직결되므로 직원에게 맡길 수가 없다.

"아이고 사장님 그 몸으로 어떻게 시장을 나와."

거래처 사장님들이 안타까운 마음에 한 마디씩 한다. 아내의 배는 쌍둥이를 임신한 것을 여실히 보여주고 있다. 그렇게 출산하기 전날까지 일을 했다.

이번에도 아내는 제왕절개를 했다. 너무나 생김새가 다른 아들 쌍둥이가 태어났다. 아이 세 명과의 삶이 시작되었다. 우리는 쇼핑몰의 특성상 저녁 늦게 들어왔다. 아이 세 명의 육아는 어머니의 몫이었다. 애들이 커가면서 어머니도 지쳐갔다. 쌍둥이의 육아는 생각보다 돈이 많이 들어갔다. 어느 때는 분유 값이 없어 누나와 여동생이 분유를 사준 적도 있었다. 그렇게 아이들은 커가고 있었다.

세무조사를 받은 날 저녁 집으로 돌아와서 자고 있는 아이들의 얼굴을 바라보았다. 머릿속에는 오만 가지 생각이 교차하고 있다. 그동안 이룬 사업을 모두 접어야 할지도 모른다. '이 애들을 어떻게 먹여 살려야 하나?' 이 생각뿐이었다. 며칠에 걸친 세무조사로 쇼핑몰은 접어야 했다. 부과금을 갚을 수가 없었다. 추가 조사를 마치고 집으로 돌아오니 쌍둥이 녀석들이 반기다. 정신이 없지만 어머니의 강권으로 식탁에 앉았다. 엄마, 아내, 태양, 태후, 지윤, 아이들은 즐겁게 밥을 먹고 있다.

"지윤아 밥 좀 많이 먹어라 그렇게 작게 먹으니 키가 작지."

"할머니 나는 생선을 싫어해 고기 없어?"

"태양아 너도 밥을 너무 안 먹어. 그러면 누나처럼 키가 크지 않아."

"할머니 저 밥 한 그릇 더 주세요."

먹성 좋은 태후가 한 그릇을 해치우고 밥을 더 달라고 한다.

"태후만 밥을 잘 먹네? 그러니 저렇게 크지."

"할머니 나는 밥이 맛없는 적이 없어요."

"그래, 하하하."

태후 때문에 모두들 웃었다.

"은영아 오늘은 내가 피곤해서 자고 있는데 태후가 밖을 내다보면서 '날은 어두운데 밥은 언제 먹나?' 그러지 않냐? 그 소리에 벌떡 일어나서 저녁을 준비했다."

모두들 또 한 번 웃었다.

집으로 운전을 하고 오며 '아이들만 없으면 지금 상황에서 덜 힘들 텐데.' 이런 생각을 하며 왔다. 아이들 밥 먹는 얼굴을 무심히 바라보았다. '내가 없다면 애들은 어떻게 될까?' '내가 돈을 못 벌면 아이들은 어떻게 되지?' 나쁜 상상이 꼬리를 물고 일어난다.

'친구들은 다 맛있는 거 사 먹는데, 혼자 손가락 빨고 있겠지.' '지윤이 돈이 없어 학교에 과제물을 못 가져가면.' '돈이 없어서 교육도 제대로 받지 못하면.' '대학은 가고 싶은데 등록금이 없어서 울고 있다면' 정신이 번쩍 났다. '아 정신 차리자!'

잠들기 전 아내에게

"은영아 아까 식탁에서 애들 밥 먹는 모습을 보면서 별별 생각이 다 나더라."

"그런데 그런 상상을 하니 애들을 위해서 못할 것이 없다는 생각이 들었어."

"아이들 위한 거라면 광화문 네거리에서 빨가벗고 스트립쇼도할 수 있을 것 같다."

"맞아 나도 그런 상상만 해도 못할 것이 없을 거야."

"우리 아직 젊으니까 살 방법을 찾아보자."

그날 이후 나에게는 초능력이 생겼다. 머릿속은 오직 애들 생각만 있다. 마음이 정리되니 망설임이 없어졌다. 쇼핑몰 정리 작업은 일사천리로 진행되었다. 그렇게 어려웠던 직원들의 퇴사도 내가 맡아서 하였다. 한 명씩 만나서 회사 상황을 솔직히 얘기하고, 최대한 양해를 구하면서 원만하게 한명씩 퇴사를 진행했다. 아이들이 나에게 흔들리지 않는 절대 긍정을 주었다. 가족은 든든한 울타리가 되어 주었다.

4

내가 선택한 삶의 힘

첫딸을 낳은 지 얼마 되지 않아, 직장을 그만두고 3년간 해오던 변리사 공부를 본격적으로 시작했다. 처음으로 내가 선택한 삶이었다. '내 삶을 내가 선택한다는 것'은 너무나 당연한 일이지만 36년간의 그러지 못했다. 나는 주변인으로 살아왔다. 당연히 무기력했고, 선택에 대한 두려움에 도망 다니는 삶을 살았다. 퇴근을 하고 저녁 식탁에 아내와 마주 앉았다.

"은영아, 이제는 연구소는 그만 다녔으면 해."

이미 직장 생활과 변리사 공부를 병행한 지 2년이 지난 시점이었다.

"직장과 공부를 병행하는 것도 힘들고, 더 이상 화학을 하고 싶지가 않다."

"알았어. 그렇게 싫어하는 화학도 오래 했지 뭐?"

"정말 오빠 적성에 변리사가 맞는 것 같아?"

"사실은 잘 모르겠어. 적어도 화학은 더 이상 하고 싶지 않다."

"퇴직금도 있고 하니 한 2년은 버틸 수 있을 것 같은데."

"걱정하지 마. 안되면 내가 벌면 돼."

잘 다니던 직장을 그만 둔다는 것은 쉽지는 않았다. 더구나 첫 딸을 낳은 지 일 년도 안 되는 시점이었다.

내가 원하는 삶을 선택했다기 보다 맞지 않는 옷을 입은 시간 이 길었다. 불편해서 더 입을 수가 없었다. 직장 생활의 연차가 올 라가며 맡은 일의 책임감도 무거워졌다. 그 부담감으로 하루도 맘 편히 자기 못했다. 임계치를 넘어가고 있었다. 일 년간 고민 끝에 겁 없는 선택을 했다. 하루를 살더라도 편한 숨을 쉬고 싶었다. 사 직의사를 표한 저녁에도 변리사 학원에서 강의를 들었다. 고생하 며 대학원까지 공부시켜준 어머니도 말없이 지지해 주었다.

직장을 그만두고 독하게 공부에 매달렸다. 오전에 학원에 가서 강의를 듣고 저녁에는 독서실에서 늦게 까지 공부했다. 강의가 없 는 날은 14시간을 컴컴한 독서실에서 공부에 대한 갈증을 풀었 다. 그 와중에도 불쑥불쑥 미래에 대한 불안감이 몰려왔다. 독하 게 공부하며 이겨낼 수밖에 없었다. 그래도 내가 선택했기에 낙방에 대한 두려움을 도망가지 않고 마주 볼 수 있었다.

직장을 그만두고 공부를 한 지 2년이 지나고 있다. 그동안 여러 번 시험에 떨어졌다. 자신감은 낮아지고 있었다. 독서실을 가는 아침의 날씨는 너무나 청명했다. 아침 아홉 시 동네 독서실을 들어섰다. 컴컴한 자리에 앉아서 불을 켰다. 항상 그랬듯이 법전을 펴놓고 특허법 공부를 시작했다. 얼마나 되었을까. 고개를 들어 주위를 둘러본다. 불 켜진 자리가 없다. '이 좋은 날씨에 무엇을 하고 있지?'

'김홍선 무엇을 하고 있긴 그렇게 원하던 변리사 공부를 하고 있지?' '2년간 실컷 해보니 원하던 삶인지도 모르겠다.' '그렇게 얘기하면 안 되지! 애도 있는 가장이 자기 좋은 것 하자고 직장도 그만두었잖아?' '그런데, 2년을 해보니 화학이 싫어 변리사를 선택한 것이 아닌가 하는 생각이 들어.'

혼자 있는 시간이 많아지며 자신과 대화를 자주하게 되었다. 그동안은 모르던 나를 조금씩 알아가고 있다. '내가 선택한 삶이잖아 잘해도 못해도 내가 책임져야 해. 이제는 남을 탓할 수도 없잖아.' '참 도망가지도 못하겠구나? 미치겠다.' '그래 내가 선택한 일이니 일단 열심히 해보자, 나중에 후회는 없게.'

그동안 도망 다니며 살던 편안한 삶은 서서히 선택에 대한 책임을 지는 삶으로 바뀌고 있었다. 힘들지만 받아들여야 했다. 삼 년여 변리사 공부를 그만두기로 한 결정도 내가 했다. 그 결과는 무척이나 아쉬웠지만 담담했다. 마지막 시험 결과가 발표된 저녁 날이었다. 아내와 저녁 식탁에 마주앉았다.

"오빠 너무 실망하지 말고 일 년만 더 해봐. 그 시험이 그렇게 쉽게 되겠어?"

"은영아 내가 약속한 2년이 다 되었고 후회 없어. 해보았잖아?"

"그런데, 나는 직장을 그만두고 하루 종일 공부를 하는 오빠를 이해할 수는 없지만 연구소 다닐 때의 모습과는 너무나 달랐어."

"어떻게 달랐는데?"

"어 너무나 에너지가 있고 신나 하더라고, 하루 종일 공부를 하고 들어오면 피곤할 만도 한데 표정이 그렇지가 않았어."

"연구소 다닐 때는 정시 퇴근을 해도 피곤해하던 모습과 너무 달라."

인생의 가장 소중하고 즐거운 신혼 초, 첫딸을 낳아 재롱을 보며 행복할 3년여 시간. 찬란한 일상의 즐거움을 대신한 공부였다.

예전 같으면 아쉬움과 후회가 밀려올텐데. 의외로 담담하게 받아들였다. '왜 일까?' 나 자신이 궁금했다. '김홍선 아쉽지 않니? 인생의 황금기에 그렇게 노력을 했는데.' '아쉽지 그런데 내가 한 일이니 내가 받아들여야지 그리고……' '나 자신을 너무 모른다는 것을 알았어. 그걸 안다는 것 자체가 나에게는 큰 성장이야.'

'변리사 시험도 포기했는데, 직장 그만둔 것 후회 하지 않니?'

'아니 절대! 다만 어떤 결정을 할 때는 그것이 싫어서 다른 것을 선택하는 것은 아닌 것 같아.' '내가 진짜 좋아서 해야지, 변리사도 그런 거지 뭐.' '나 자신을 알아간다는 것이 뭐가 좋니?' '내가 선택한 삶에서는 내가 주인공이니까. 그런데 겪어보니 절반만 맞는 것 같아.' '뭐가 이렇게 복잡해?' '그러게 직장을 그만둘 당시 내 삶을 선택한 나는 온전히 내가 아니었어.' '그때 나는 남이 선택한 삶을 오래 살아왔기에 생각도 온전히 내 것이 아니었어. 그러니 변리사가 좋아서가 아니라 화학이 싫어서 뛰쳐 나왔지.' '지금은 그런 나를 볼 수 있으니 온전히 내가 될 수가 있어.' '참 이해가 않는다. 동기들은 직장에서 잘 나가는데, 변리사 시험까지 떨어지고 한다는 소리가 자신을 볼 수가 있어서 좋다. 너무 철없는 것 아니니, 애까지 있는 가장이!' '좋은걸 어쩌겠냐? 앞으론 온전히 나로 살 수 있으니.'

자신 앞에서는 발가벗을 수밖에 없다. 있는 그대로 나의 모습을 보고 오롯이 받아들였다.

자신을 알수록 삶의 방향을 정하는데 망설임이 적어진다. 자연히 선택에 대한 후회가 줄어들었다. 그러면서 자신에 대한 신뢰를 쌓아갔다. 이제는 실패, 힘든 선택, 불확실한 미래에 대한 불안을 담담하게 받아들이려 한다. 왜냐면 내가 선택한 삶에서는 그 결과도 오롯이 나의 몫이기 때문이다.

좋던 싫던 내 삶의 주인공은 내 자신이다.

5

철저히 혼자가 되다

직장을 그만두고 변리사 공부를 할 때다. 집으로 돌아가는 중에 눈에 띄는 광고지가 보였다. '수업생들 집중력 향상에 탁월'로 시작되는 명상단체인 단월드의 광고 문구였다. 호기심에 상봉센터를 방문했다. 이것이 계기가 되어서 철저히 혼자가 되는 방법을 배우기 시작했다. 그리고 그 효과는 놀라웠다.

평일 낮 반신반의하며 상봉센터의 문을 열고 들어갔다. 광고지를 보고 왔다고 하니 반갑게 맞이한다. 수련장 내부가 익숙한 분위기는 아니다.

"원장님 광고 보고 왔어요. 저는 변리사 준비를 하는데 정말 집중력이 좋아질 수 있을까요?"

"저 도우님 명상 같은 것은 전에 해보신 것이 있나요?"

"아니요 처음입니다."

"저희는 우리 민족 호흡법의 전통을 이어받아합니다. 우선 도인 체조를 해서 몸을 풀어주고 그다음 명상으로 들어가요."

"명상이라고 특별한 것 없어요. 자신의 숨을 들이쉬고 내쉬면서 호흡에 집중하면 돼요."

"아이들은 너무 잘해요 그런데 이런 간단한 것도 어른들은 힘들어해요. 생각이 많아서요."

"또한 그런 자신을 바라보는 것이 단월드 호흡법입니다."

"그럼 오신 김에 수련 한번 해보세요. 어렵지 않으니까."

처음 하는 도인체조는 동작은 상당히 부드러운 데 따라 하기가 힘들었다. 하루 종일 독서실에 만 있어 온몸이 많이 굳은 것 같았다. 힘들지만 도인체조를 하고 나니 온몸이 풀리고 정신이 맑아진다. 그날 바로 등록하고 다니기 시작했다.

단월드를 갔다 오는 것이 하루 유일한 낙이 되었다. 생각이 많이 줄었다. 변리사 공부에 도움이 되었는지는 모르겠지만 나 자신과 대화를 시작하게 되었다. 대화를 하면서 놀랐다. 나 자신을 너무 모르고 있었다. 그냥 남들이 심어준 정보가 나인 줄만 알고 살았다. 나 자신과의 대화를 통해 삶의 고비 때마다 선택할 수 있는 힘을 키웠다. 망설이지 않고……

공부를 시작한 지 2년. 시험 결과가 발표가 되었다. 불합격. 선택을 해야만 했다. 일 년을 더 할 것인가 아님 그만둘 것인가? 어두운 독서실 안. 내 자신이 말을 걸어왔다. '김홍선, 너 정말 변리사가 되는 것이 원하는 것이니?' '무슨 소리야! 원하니까 그 좋은 직장 그만두고 공부를 시작한 거지? 결정이 쉬웠겠냐.' '아니 내가 보기에 화학이 지겨워서 도피처로 변리사 공부를 시작한 것 아닌가 해서.'

이런 소리를 들으니 뜨끔했다. '잘 생각해봐, 진정 변리사가 원하는 것이면 더하고, 도피처면 그만두는 것이 좋지 않을까?' '간단한데 왜 그리 고민을 하냐?' 할 말을 잃었다. 나 자신에게는 거짓말을 할 수가 없다. '진정 변리사를 원해서 선택한 것일까?'

결정하는데 그리 오래 걸리지 않았다. 그리고 아내가 시작한 쇼핑몰을 같이 하게 되었다. 철저히 혼자가 되어 참 자신과 대화를 하니 진정 자신이 원하는 것이 무엇인지 알게 되었다.

쇼핑몰을 시작한 지 5년 차 되는 해. 쇼핑몰은 안정이 되었고 매출은 많이 올랐지만, 치솟는 광고비와 과당경쟁으로 인한 수익률 악화로 경영이 어려웠다. 설상가상으로 세무조사까지 받게 되었다. 세무지식의 무지로 5년 치 자료는 미비한 상황. 매출이 곧 이익이 될 수 있었다. 그리고 가산세가 붙어서 그 2배의 금액이 부과될 것이라는 세무사의 예상은 나를 극단으로 몰고 갔다.

어떻게 할 것인가? 극단적인 상황에서는 구습이 다시 나오기 시작했다. 도피였다. 내 책임이 아니니까, 이 상황을 모면해 보자. 그런 생각이 점점 나를 물들고 있었다. '김홍선, 이 상황에서 네가 할 수 있는 선택은 딱 두 가지야 그냥 도망가거나 맞서 해결해 나가는 거야? 선택해!' '야 좀 더 쉬운 방법은 없을까?' '있지 너 요즘 잘 가잖아 집 앞 서강대교 위? 가장 편한 방법이지.' 술을 마시는 횟수가 늘어갔다. 그러나 아침에 깨면 현실은 그대로 앞에 놓여있다. 머리만 아플 뿐.

왜 이렇게까지 되었을까 되짚어 본다. 여러 생각이 교차하지만 결국 내가 무능하고 무지해서다. '그래 그럼 한번 당당히 맞서 보자. 어떤 해결책이 있는지? 지금 당장 할 수 있는 일이 무엇이지?' 방법이 생각나지 않았다. '김홍선 야 무슨 방법이 없을까?' '글쎄 내 생각에는 지금 이 상황을 어떻게 생각하니? 일단 좋게 생각해 봐 말도 안 되는 말 많잖아? 하늘은 크게 클 사람에게 먼저 시련을 내린다, 시련은 또 다른 기회다, 먼저 이 상황을 절대 긍정해 보자고 달리 방법도 없잖아.'

'그래 하늘이 나를 얼마나 크게 쓸려고 이러는지는 모르지만 먼저 이 상황을 긍정하자.' '내가 선택한 것이니까 내 책임은 확실하잖아.' 힘들지만 현 상황을 긍정했다. '하늘이 나를 크게 쓰려나 보다, 아내와 나 교통사고 나서 중환자실 있지 않으니 감사하다,

가족들 모두 건강하니 감사하다.' 주문처럼 감사할 일을 필사적으로 찾았다. 나중에 숨만 쉴 수 있어도 긍정하고 감사했다. 점점 머릿속에 부정적 생각이 사라진다. 그리고 하고자 하는 의욕이 스멀스멀 올라온다. '당장 할 수 있는 일이 뭐가 있지?' 해결책을 찾는다. 일단 진정성을 가지고 부딪쳐 보자. 세무조사가 있은 다음날 전화를 했다.

"조사관님 저희 살길이 없을까요?"

"그렇지 않아도 오늘 아침 부서원 전원 회의를 했어요. 두 분 어떻게 하면 도울 수 있을 지를요. 그 독한 주임님이 먼저 말씀을 하셨어요. 사실 저희 많이 놀랐어요. 주임님 안 지 5년이 넘는데 그런 말씀은 처음 들었어요."

"아휴 감사합니다. 기다리겠습니다."

결과가 어떻게 나올지는 몰라도 일단 안심이 되었다. 꽉 막힌 실타래를 하나씩 풀어가기 시작했다. '선택은 내가 하는 것이고 책임도 내가 지는 것이다' 이 당연한 말이 그동안 낯설었다. '김홍선 고맙다. 네가 하라는 대로 하니까 하나씩 풀리고 있네.' '너도 하면 되잖아. 도망가지 마!' 자신과 대화를 하면서 두려움에서 벗어나 해결책을 찾아갔다. 점점 나 자신을 믿기 시작한다. 글을 쓰던, 말을 하던 자신과의 대화를 시도해 보았으면 한다. 나는 그렇게 자신과의 대화를 통해 자신이 생각한 것보다 더 나은 '나'를 보았다. 그것을 인정하면서부터 해결의 문이 열렸다.

6

바닥에서 시작한 두 번째 인생

세무조사를 받고 피땀으로 만든 쇼핑몰을 정리해야 했다. 찢어지는 마음을 안고 자신과 아이들을 위해 절대긍정의 마음으로 매 순간 '감사하다'는 말을 달고 살았다. 세무조사가 끝나고 막대한 금액을 부과 받았다. 자식 같은 쇼핑몰을 어쩔 수 없이 정리하기 시작했다. 우선 마음부터 다잡아야 했다. 항상 해왔던 자신과의 대화는 나를 지탱할 수 있게 하는 힘이었다.

쇼핑몰 정리가 마무리하고 있던 때 한 통의 전화가 왔다. 소름이 돋는다. '또 무슨 일?'

"김홍선 씨죠? 여기는 건강보험공단 마포지사입니다"

"마포지사에서 왜 전화하셨죠?"

"한번 오셔야 할 것 같아서요. 확인할 일이 있습니다."

다음날 아내와 마포지사를 방문했다 담당자는 우리를 보고 상당히 당황스러운 표정을 지었다.

"저희도 잘못되었나 여러 번 확인해보았는데 맞더라고요."

"무슨 일이시죠?"

"두 분 앞으로 건강보험액이 부과되었는데 1200만 원입니다."

"네?"

"이 정도 금액이면 건강보험액 중 최고액입니다. 우리나라에는 이건희 회장이나 내는 금액입니다."

"작년에 소득이 이렇게 많았나요?"

처음에는 이해가 되지 않았다. 곰곰이 생각을 해 보았다.

아뿔싸, 세금 부과액이 모두 작년도 소득으로 올라간 모양이다. 세금 문제만 해결하면 될 줄 알았는데 건강보험을 1200만 원 내야 하다니.

"저희가 사업을 하다가 세금조사를 받았어요. 부과액이 엄청나다 보니 이렇게 됐네요."

"이제야 이해가 되네요. 저희가 소득이 있어서 그런 것도 아닌데 방법이 없을까요? 지금 이 돈 낼 여력이 없어요."

담당자 표정이 많이 곤혹스러워한다.

"저희도 방법이 없어요. 법대로 하는 것이라서 도와줄 수 있는 것은 분납 방법밖에 없어요. 죄송합니다."

마포지사를 나오는데 하늘이 노랬다. 하나 해결했다고 생각했
는데 다른 일이 또 터졌다. '1200만 원이라니. 지금 만 원도 아쉬
울 때인데.'

"은영아 내가 이건희 회장이랑 내는 돈이 같데. 정말 하늘이 나
를 크게 사용하려나 봐? 하하하~~"

아내가 어이없이 한다.

"그래도 울상인 것보다는 낫네. 이돈 어디서 구해?"

"그래 한번 구해 보자 뭐 어떻게 되겠지."

건강 보험료 1200만 원은 나에게 큰 충격을 주지는 못했다. 단
지 해결해야 할 일이 하나 더 생긴 것뿐이었다. 절대 긍정의 힘이
이렇게 사람에게 여유를 주는구나!

답답한 마음에 은행에 다니는 중학교 동창을 만나서 술 한 잔
했다.

"홍선아 너도 이제 무언가 해야 하지 않니?"

"돈이 있어야 하지."

"너희 지금 살고 있는 집 어머니 명의 맞지?"

"그래 그런데 이미 대출은 한도까지 받았는데?"

"내일 집 대출 현황 좀 보내 봐라. 내가 추가 대출이 가능한지
알아볼게. 사업자 대출을 하면 지점장 전결이라는 것이 있어서 추
가 대출이 가능할 수도 있어."

"그래 고맙다."

기대를 하지 않고 집으로 돌아왔다. 다음날 대출서류를 보내고 며칠을 기다렸다. 친구에게 전화가 왔다.

"홍선아 추가 대출이 한 3억 원 정도는 나올 것 같다. 새로운 일 할 것 있으면 연락해라. 내가 대출 진행해 볼게."

'이제 무슨 말인가?' 인생 가장 밑바닥에 한줄기 빛이 들어오기 시작했다.

그 며칠 전 지인이 찾아왔었다.

"요즘 어떻게 지내? 괜찮지?"

"그럼요, 많이 정리가 되었어요. 그런데 웬일이세요?"

"응, 아는 분이 어린이집을 하는데 작년부터 보육료를 국가에서 내준다고 해서 부모들이 어린이집으로 많이들 보내기 시작했데."

"미술학원에 많이들 보냈잖아."

"맞아요. 지윤이도 초등학교 입학 때까지 어린이집이 아니라 미술학원에 보냈었는데."

"그래서 어린이집을 하는 것도 좋을 것 같아. 정원이 정해져 있어 수익은 일정하지만 국가에서 보육료를 내주니까 안정적이고 비영리이니까 세금도 신경 쓸 것 없고."

"관심 있으면 말해줘. 내가 아는 분이 있으니까 같이 어린이집 한번 다녀와도 되고."

"내 알겠습니다."

지인의 말은 귀를 솔깃하게 했다. 그런데……. 그것을 할 만한 돈이 없지 않나? 사는 집을 알아보아도 대출이 거의 차 있었다. 그러면 이 집을 파는 것 밖에 없는데. 답답했다. 아무리 생각을 해도 방법이 없었다. 그래서 혹여나 하는 마음에 은행 다니는 친구를 만난 것이다.

대출이 3억 가능하다는 말을 듣고 지인과 연락을 하여 매물을 보러 다녔다. 어린이집 운영은 처음이다. 그래도 그리 겁나지 않는다. 쇼핑몰을 시작할 때도 경험이 없었다. 중개인을 만나고 인천, 안산 등 경기도 인근의 어린이집을 보러 다녔다. 마음에 드는 곳은 돈이 모자랐다. 절대 긍정의 마음으로 해결 방법을 생각했다. 다음날 지인을 만나서 절박한 마음으로 같이 하자고 제안을 했다.

"동업을 하는 게 어떨까요? 다녀보니 수입은 안정적으로 들어올 것 같아요."

"형님은 신경 쓸 일이 없어요. 운영은 저희가 하고 수익은 투자금에 비례해서 나누면 될 것 같아요."

"그래 한번 생각을 해 볼게. 관심이 있기는 한데."

며칠 후 지인은 결심을 했고 같이 마음에 드는 어린이 집을 보러 갔다. 인천에 있는 110명 정도의 어린이집이 제일 마음에 들었다. 며칠 후 계약을 했다.

바닥까지 떨어졌던 내 인생은 다시 기적처럼 일어날 수 있었다. 나를 다시 일으켜 세운 힘을 무엇일까? 자신을 믿은 것이 가장 큰 힘이 되었다. 절대 긍정을 하니 가능했다. 그 덕분에 힘든 현실에 맞섰고 해결책을 찾았다. 이런 자신을 보며 '야 너 대단하다. 내가 알고 있던 네가 아니네?' 라며 자신에 신뢰를 보냈다. 극단적 상황에서 생존을 위해 절대긍정으로 자신을 믿었다. 할 수 있다고. 이 믿음의 열쇠로 내 안의 무한한 능력을 열었다. 그리고 다시 일어났다.

각자 이 열쇠를 손에 쥐고 있다. 사용할지 말지는 자신의 선택이다.

7

나에게 청춘은 없었다

청춘의 정의를 보면 '새싹이 파랗게 돋아나는 봄철 또는, 십 대 후반에서 이십 대에 걸치는 인생의 젊은 나이 또는 그런 시절'을 이른다고 한다. 물론 나에게도 그런 나이가 있었다. 하지만 그 나이를 전혀 즐기지를 못했다. 대학 때는 공부만을 했고, 20대 직장 생활 때는 다른 길을 찾느라, 신혼 초에는 이직을 위한 준비로, 인생의 황금기 청춘을 즐길 겨를이 없었다.

대학 신입생 시절. 나의 하루는 아침 다섯 시에 도서관을 가서 저녁 열 시에 돌아왔다. 새벽 다섯 시 알람 소리가 요란해 울린다. 밖은 깜깜하다. 서둘러 옷을 챙겨 입고 도서관으로 향한다. 1학년 입학 초부터 하던 의식 같은 일이다. 복학을 해선 첫 도서관 행이다. 정문에 도착했다. 시험 때도 아닌데 벌써 많은 사람들이 줄을

서 있다. 매일 보는 얼굴들이라 낯이 익다.

1988년 3월 학년 초 신입생이 맞는 캠퍼스의 봄은 가슴 설레게 했다. 화학과 내 학번에는 유달리 여자 동기가 많았다. 중학교 때부터 남자학교만을 다녔던 나는 강의실에 여자 동기들을 만나는 것조차 떨리는 일상이었다. 동기들과 많이들 몰려다녔다. 강의가 비는 시간에는 여지없이 당구장을 향하거나, 여자 동기와 놀려다녔다. 빛나는 청춘의 시기. 나는 그런 청춘의 낭만을 즐길 여유가 없었다. 고2 때 아버님이 돌아가셨다. 살림만 하던 어머니가 칼국수 식당을 한 덕분에 대학을 갈 수 있었다. 스무 살의 나는 어머니 고생이 너무나 큰마음의 빚이었다. 머릿속은 '공부 열심히 하여 어머니의 고생을 덜어 드리자'는 생각으로 가득 차 있었다. 입학 초부터 아침 알람 소리를 듣고 도서관에 가고 저녁 10시에 집에 들어오는 생활의 연속이었다. 강의가 비는 시간에도 친구들과 놀기보다 도서관으로 향했다.

"홍선아 강의 두 시간 비는데 당구나 치러 가자."

"아니 됐어."

"너 약속 있니? 우리 남자애들 나눠서 점심 내기 당구 치기로 했다. 같이 가자."

"다음에 갈게."

마음은 같이 가고 싶은 마음이 굴뚝같다. 그런데 어머니를 생각하면 그러면 안 될 것 같았다. 발길은 도서관으로 향하고 있다. 그냥 마음 편하자고 가는 것이다. 친구들은 그때 나를 보고 '참 재수 없는 놈'이었다고 한다. 이렇게 대학생활 4년이 흘러갔다. 지금 생각하면 대학생활을 즐기면서도 열심히 공부할 수 있었을 텐데. 그 시절 기억에 추억할 사진이 별로 없다. 공부한 것 말고는. 지금도 그 시절 봄을 생각하면 가슴 한편이 시려온다.

대학원을 마치고 판교에 있는 제약회사 연구소에 취직 했다. 첫 월급을 타서 어머니에게 드렸다. 그동안 어머니의 고생에 대한 나의 미안함을 내려놓는 첫날이었다. 첫 사회생활에서 내손으로 돈을 번다는 것은 무척 흥분되었다. 그러나 오래가지 못했다. 그렇지 않아도 화학에 마음이 없었는데 2년 후 IMF사태로 회사의 구조조정은 깊은 회의감을 들게 했다. 다행히 연구소는 그 칼날을 피해 갔지만, '과연 몇 년이나 다닐 수 있을까?' 하는 염려는 화학에 마음이 없던 나에게 다른 대안을 생각하게 했다. 내가 선택한 것은 의약 대 편입 준비였다. 아직 결혼 전이라 부담 없이 준비할 수 있었다. 새벽같이 일어나 두 시간 거리 연구소를 출근하고 퇴근한 저녁에는 강남의 편입학 학원에서 공부를 했다. 열두 시가 다 되어 집에 들어갔다. 주말 역시 도서관에서 살았다. 그렇게 나의 이십 대 청춘은 저물어 갔다.

신혼 초 그동안 계속해온 편입 공부를 계속할 수가 없었다. 시험을 붙는다고 끝나는 것이 아니라, 시작이기 때문이었다. 아내에는 미안하지만 솔직한 하게 말했다.

"은영아, 내가 화학과는 너무 안 맞아 억지로 하고 있는데 몇 년을 계속할지를 모르겠어."

"그럼 오빠가 하고 싶은 것은 어떤 거야?"

"변리사시험을 준비했으면 해. 법 공부는 내가 좋아하는 것이고 전공도 살릴 수가 있어서."

"어렵지 않을까?"

"그래서 직장을 다니면서 일단 기본을 해 놓으려고 확신이 서면 그만두고 본격적으로 해보려고."

"오빠가 원하면 그렇게 해야지 뭐."

신혼여행을 다녀오고 얼마 되지 않아 우리는 신혼을 변리사 학원을 알아보는 것으로 시작했다. 달콤한 신혼시절은 한 달도 되지 않아 끝났다. 퇴근 하면 학원에 가서 강의를 듣고 집에 들어오면 열두 시가 다 되었다. 총각시절의 일상과 다를 바가 없었다. 매사가 긍정적인 아내의 성격 덕분에 그나마 마음 편하게 공부를 할 수 있었다. 이렇게 나의 이십 대와 신혼의 달달한 시간은 속절없이 지나갔다.

이십 대부터 시작된 방황은 나에게 무엇을 남겼을까? 목표 없는 도피는 가장 소중한 시절을 낭비했다. 자신과의 대화를 그때는 왜 못했을까? 숨만 쉬어도 먹는 것이 나이지만 역설적으로 가장 어려운 것이 제대로 나이를 먹는 것이다. 그동안 숨만 쉬었는가? 이십 년 간 수없이 잘못된 길을 다녀본 것 같다. 그 결론은?

이 명확한 사실을 어떻게 해석하느냐 인 것 같다. 나는 긍정적으로 해석을 한다. 이 실패, 방황, 청춘의 상실을 온몸으로 겪으며 실패와 방황의 두려움을 날려 보냈다. 경험은 말한다. 자신에 대한 신뢰를 버리지 않는 한 이 실패와 방황은 잠시 길을 잃었을 뿐이라고. 다시 제자리를 찾으면 된다. 실패와 방황을 하면서 쌓은 맷집은 쉰 살이 넘은 나이에도 새로운 도전을 겁 없이 하게 한다.

방황과 실패의 시간은 많은 이야기를 한다. '막상 해봐, 별거 아니야.' '안해 보고 후회하는 것 보다 도전해 보고 실패하는 것이 훨씬 나아. 경험이 남거든.' '도전의 두려움은 네가 만든 거야. 똑바로 쳐다보기만 해도 두려움은 바람이 빠지기 시작하지.'

8

나밖에 할 사람이 없다

인천에서 어린이집을 시작했다. 지인의 어린이집에서 이틀 정도 운영현황을 들은 것이 경험의 전부였다. 모든 것이 낯설었다. 쇼핑몰 시작하고 첫 촬영을 때가 생각이 났다. 옷 한 벌 촬영하느라 한여름에 셔터를 내리고 한 시간 이상 촬영했다. 그렇게 시작한 쇼핑몰을 어엿한 사업으로 키워냈던 경험은 아내와 나를 거침없고 당당하게 만들었다. 100명 넘는 어린이집은 3층의 단독 건물이었다. 모든 잡일을 혼자 해야만 했다.

"대표님 형광등이 나갔어요. 대표님 변기가 물이 안 내려가요."
모두 나의 몫이었다. 즐거웠고 감사했다. 일을 다시 시작한 것만도 기적이었다. 어느 날 선생님이 인터넷이 안 된다고 한다. KT에

문의를 하여 기사가 나왔다.

"대표님 문제는 옥상 지붕에 있는 선들이 엉켜서 그래요."

"그래요 그럼 작업 좀 해주시죠?"

"저희는 그것까지는 못 해 드립니다. 안전장구가 없어서요."

'얼마나 위험하기에 안전장구가 없다고 못해준다고 할까?' 옥상으로 통하는 출입문 지붕 위에 여러 선들이 엉켜있었다. 엉킨 선을 정리하려면 올라가야 하는데 3미터 정도의 높이가 된다. 혼자하기 힘들어 지인에게 도움을 부탁했다. 전날 밤부터 걱정이 되었다. 어릴 때부터 심한 고소공포증이 있었다. 3미터 정도의 지붕 위를 올라갈 상상만 해도 숨이 가쁘고, 현기증이 난다. 내일 올라가서 작업 할 생각을 하니 잠이 오지 않았다.

다음날 오전에 부탁한 지인이 왔다. 3층 옥상으로 사다리를 메고 올라갔다. 출입구 지붕에 사다리를 걸쳐 놓고 후들거리는 다리를 끌고 두 평 남짓한 지붕에 올라갔다. 뒤따라 지인도 올라왔다. 다리가 후들거려 도저히 서 있을 수가 없었다. 엉킨 인터넷 선이 바로 앞에 있는데 한 발도 뗄 수가 없었다. 속이 매슥거리고 현기증이 나 서 있을 수가 없다. 털썩 주저앉았다. 움직일 수 없어 한참을 있었다. 그런데 '내가 아니면 할 사람이 없어.' 이런 소리가 들린다. 억지로 몸을 움직였다. 겁이 나서 조금씩 기어갔다. 한 발 한 손 엉킨 선 쪽으로 다가갔다. 온몸은 후들후들 떨고, 등 뒤에는 식은땀이 끊임없이 흐르고 있었다. 머리는 어지럽고 토할 것 같다. 그래도 앞으로 나가야 했다. 이를 악물고 자신을 채찍질했다. 드디어 선 앞까지 갔다. 떨리는 손으로 엉킨 선을 풀기 시작했다. 도움이 필요했다. 뒤돌아서 지인에게 도움을 요청했다.

"이리로 와서 나 좀 도와줘!"

"나아아 지금 움직일 수가 없어."

얼굴이 백지장이다. 이마에는 식은땀이 비 오듯이 흐르고 있다.

"내가 고소공포증이 있어서 더 이상 움직일 수가 없어."

겨우 입을 뗀다. 그런데 나보다 더 떨고 있는 모습을 보니 이상하다. 떨리던 손이 안정되고 가쁘게 쉬던 숨소리도 잦아들고 있다. 몸과 마음이 안정되니 엉켰던 전선을 손쉽게 정리했다. 차분히 지인에게 가서 안정시키고 먼저 내려와 지인을 부축해 주었다.

참 신기한 경험을 하였다. 그 일 이후 몇 십 년 가지고 있던 고소공포증이 거짓말처럼 사라졌다. 그때 덜덜 떨고 있지만 '나밖에 할 사람이 없다.'는 생각에 죽을힘을 다해 한 발씩 나아갔다. 나보다 더 떨고 있는 지인의 모습에 '나만 그런 것이 아니구나.' 하는 위안을 받았다. '모든 일은 마음먹기 달렸다'는 아주 평범한 진리를 진하게 경험하였다. 또 한 번 내 한계를 깨었다.

할 수 있는 사람은 나밖에 없는 극단적인 상황은 초능력을 주었다. 어린이집 운영은 백지상태에서 시작했다. 새로운 도전은 두렵다. 그러나 나는 거침이 없었다. 모르면 배우고, 배운 것을 실행

해 보고 틀리면 수정하며 일 년 만에 어린이집의 운영을 정상궤
도에 올려놓았다.

사람은 출구 없는 극단적인 상황에서 종종 초능력을 발휘하는
경우가 있다. 화재가 발생했을 때 어머니가 아이를 구하려고 괴력
을 발휘하기도 한다. 나는 '나밖에 할 사람이 없다'는 극단적 생각
을 하게 되는 순간 힘을 발휘되었다. 말이 초능력이지 극단의 책
임감은 사람을 행동하게 했다. 어떻게 하든 닥친 일을 해결해야만
했다. 바로 하지 않으면 배가 침몰하는 절체절명 상황 앞에 걱정,
근심, 두려움은 사치였다. 내가 가진 에너지를 모두 쏟아 붓는 것
외에.

지금은 어떤가? '수많은 나밖에 해결할 사람이 없는 상황'을 겪
으면서 나 자신 자연스럽게 변하게 되었다. 이제는 시련과 고난이
닥치면 그것을 '해결해야 할 하나의 팩트'로 생각한다. 바로 행동
하여 해결책을 모색한다. 자신에 대한 신뢰가 쌓이면서 시련, 고
난, 두려움, 걱정 앞에서 웬만하면 평정심을 잃지 않는다. 그것이
가능한 것은 그 뒤에 항상 긍정의 시각으로 현실을 해석하는 절
대 긍정이 있다.

제4장

실패란 없다

1

내 안의 불안함을 찾아라

어릴 때부터 나는 예민한 아이였다. 그래서 남의 집에서 잠을 자거나 밥을 먹은 적이 없었다. 낯선 환경에 극도의 알레르기가 있었다. 불안함은 항상 마음속에 깃들어 있었다. 학창 시절에 아무리 공부를 열심히 해도 불안감에 제 실력을 발휘하지 못하는 것이 다반사였다. 인생의 주요 고비 때 왜 그렇게 불안함이 나를 괴롭히는지 무척이나 궁금했다.

아버님이 고2 때 암으로 돌아가시고 살림만 하시던 어머니가 가장이 되었다. 고3을 졸업하고 대학에 진학할 때까지 우리 집의 수입원은 취직한 누나의 월급이었다. 외아들인 나는 어리지만 빨리 집안을 책임져야 한다는 생각을 떨쳐 내지 못했다. 미래에 대한 불안감으로 하루하루를 보내기가 힘겨웠다. 그 불안감은 너무나 커 적성에 맞지 않는 이과 공부의 괴로움을 덮기에 충분했다. '내가 소심해서 그렇지 뭐?' 불안감에 떨고 있는 자신을 볼 때면 그렇게 자위하곤 했다. 고2 때 나는 이 불안함의 실체와 맞설 힘이 없었다. 자연히 꿈보다 확실한 사실과 결과에 더 관심을 가지게 되었다. 이과를 선택한 것도 아버지 이 한마디에 결정을 하였다.

"홍선아 이과가 문과보다는 더 취직이 잘 되지 않니?"

그것이 잘못된 결정인 줄 알면서도 미래에 대한 불안함은 그 선택을 강요하고 있었다.

고3 대학 전공을 결정할 때도 화학 선생님이

"요즘 화학과 가면 취직이 잘된데."

이 한마디에 진로가 결정되었다. 결정의 순간에 내 생각은 그리 많지 않았다. 그렇게 마무리 된 고등학교 시절 불안함에 대한 도피는 대학까지 계속되었다.

따르릉 알람 소리가 요란하게 울린다. 새벽 다섯 시. 1학년 때부터 시작한 새벽 도서관 행은 복학한 후에도 계속했다. 토요일 아침 일어나기가 싫다. 일찍 안 가도 도서관에 원하는 자리가 텅텅 비는 날이다. '오늘은 쉴까?' 잠시 망설였지만 일어났다. 주섬주섬 옷을 챙겨 입고 나왔다. 4월 초 밖은 아직도 어둡다. 새벽은 쌀쌀하지만 청명하다. 졸음이 한 번에 날아간다. 도서관에 도착하여 매일 가는 열람실 들어갔다. 예상대로 넓은 열람실에 공부하는 사람은 몇 명 없다. 항상 가는 자리에 앉아 유기화학책을 꺼낸다. 다음 주 시험 볼 과목. 복학하고 첫 전공시험이니 잘 보아야 한다. 책을 펼치고 시험 볼 부분을 한번 훑어보았다. 이미 3번 보아 익숙한 내용이다. 공부하다 보니 밖은 환하게 밝아 있다.

8시가 넘어가고 있다. 잠시 쉬기 위해 정문 앞으로 나왔다. 도서관은 학교 가 한눈에 바라볼 수 있는 위치에 있다. 그래서 도서관 입구에 가려면 수많은 계단을 올라야 했다. 한눈에 들어오는 캠퍼스의 전경은 완연한 봄이다. 햇살을 머금은 꽃들은 복학생을 설레게 한다. '아! 외롭다. 토요일 아침에 왜 도서관에 있을까?' 친구들은 주말에 데이트도 하고 놀러도 다니는데……. 전에는 들지 않던 생각이 자꾸 올라온다. 왜 이럴까? 주말에 도서관에 있다고 공부가 되는 것도 아닌데. 곰곰이 생각해 본다. 1학년 때부터 도서관은 어머니의 고생에 대한 미안함, 미래에 대한 불안을 해소할 수 있는 심리적 안식처였다. 의식처럼 새벽에 일어나서 하루 종일 도서관에 있으면 마음이 편했다. 그래서 놀아도 도서관에서 놀았다. 그런데 그 안식처가 금이 가고 있었다. 나를 괴롭히는 이 불안감의 실체는 무엇일까? 이 막연한 불안감의 실체가 궁금해지기 시작했다.

화요일 저녁 7시 전공강의실. 유기화학 시험이 있는 날. 시험 범위는 그리 많지 않다. 보통은 이틀 정도 공부하면 되는데 거의 일주일 내내 공부를 하였다. 반복해서 보니 외울 정도가 되었다. 저녁도 거르고 강의실로 들어섰다. 조교로부터 유기화학 시험지를 받아 들었다. 내용을 한번 훑어보았다. 거의 다가 눈에 익은 문제들이다. 문제를 푼다. 그런데……. 내용은 익숙한 데 풀리지가 않는다. 갑자기 머릿속이 하얘진다. 도대체 이게 몇 번째인가? 지겹다. 입에서 욕이 나온다. 가슴이 답답하다. 그냥 답안을 써 내려간다. '도대체 왜 이럴까?', '화학이 그렇게 맞지 않나?', '내가 이것밖에 안되나?' 시험을 마치고 나오는데 마음속에 자괴감이 든다. 답안을 맞추어 보고 시험지를 북북 찢어버렸다. 자신에 대한 냉소만 쌓여갔다. '네가 그렇지 뭐' 그 불안함의 실체가 무엇인지, 극복할 수 있는 방법은 무엇인지? 생각하고 고치려 노력 했어야 했는데 그 불안함 속에 빠져서 허우적거리고 있었다.

인터넷 쇼핑몰을 시작한 지 5년이 지나고 회사는 자리를 잡아가고 있었다. 그런데 매출이 오를수록 불안한 마음은 점점 커져만 갔다. 바뀐 세무사는

"사장님, 제가 맡기 전 매입 자료가 없어서 걱정입니다. 세무조사는 보통 5년 차에 나오는데."

걱정스럽게 말을 한다. 불안한 예감은 항상 맞는다고 하던가?

일 년 후 십여 명의 본청 세무조사원이 들이닥쳤다. 그리고 깔끔하게 사무실에 있던 모든 컴퓨터와 자료를 쓸어갔다. 물론 거기에는 세무공무원들의 요청에 선선히 응한 아내의 자료제출도 한 몫을 했다. 그냥 멍했다. 이거였구나. 그동안 그렇게 불안했던 것이…….

다음날 담당 세무사와의 대책회의 자리다.

"사장님 사모님이 순순히 원하는 자료를 모두 넘겨준 것은 오히려 잘 된 것일 수도 있어요."

"본청에서 나오면 거의 80% 이상은 사전조사를 해요. 소위 다 알고 나온다는 말입니다."

"그래요 그럼 어떻게 하면 되겠습니까."

"솔직히 대책이 없어요. 선처를 바라는 수밖에. 기다리는 방법 외에는……."

세무사가 말끝을 흐린다. 대충 분위기 파악이 된다. 상황은 내 선택을 강요하고 있다. 맞서 싸워나가느냐? 불안에 떨면서 도망갈 것인가? 가족을 생각하니 선택의 여지가 없었다. 다음날 세무서로 전화를 걸었다.

"안녕하세요. 김홍선입니다."

"아 네, 대표님."

조사 나온 막내 공무원이 전화를 받는다. 대화를 터서 조금은 편하다.

"네 밤새 생각을 해보았는데, 살길은 만들어 주십사 하고 전화 드렸습니다."

"네 그렇지 않아도 저희 조사 나간 팀원들과 아침에 회의를 했어요."

"어떻게 하면 사장님을 살릴 수 있을까? 그 독하다는 OO 주임님이 먼저 말을 꺼냈어요."

"그 사람들 악의로 세금을 포탈할 사람 같지는 않아? 어떻게 좀 해봐 나도 알아볼 테니까? 이렇게 말씀하셨어요. 저희도 놀랐어요, 그런 말은 처음이었거든요."

극단적인 상황에서 처음으로 두려움과 불안에 맞섰다. 그랬더니 초능력이 생겼다. 전화를 끊고 나 자신에게 '잘 했어 김홍선, 오늘은 정말 잘했어.' 그동안 '나약하고, 불안과 두려움에 도망 다니는 못난 내가 아니네?', '아, 그동안 얼마나 자신을 비하를 한 거야.' 오늘 처음으로 다른 자신을 보았다. 결국 그동안 막연한 불안은 내가 만들어낸 '나라는 왜곡된 상'을 신뢰하지 못한 데서 시작되었다. 그동안 그렇게 비하당한 자신이 불쌍했다. 자신을 신뢰하고 사랑할 사람은 나뿐이라는 사실을 알았다. 음식을 하나 먹더라도, 실수를 하고 실패를 하더라도 자신을 자책하거나 원망하지 않으려 노력했다. 그러니 자신에 대한 신뢰가 점점 쌓이게 되었다.

지금은 불안함이 없어졌느냐? 여전히 불안한 상황을 만나면 불안하다. 다만 그 불안에 등 돌리지 않고, 똑바로 쳐다보고 실체를 알려고 한다. 그리고 단지 '해결해야 할 객관적인 사실'로 받아들인다. 그 다음 바로 행동 한다. 이렇게 불안에 맞서는 경험이 쌓이면서 실패와 불안을 조금은 담담하게, 당연하게 받아들이는 여유가 생겼다.

'음 그럴수 있어?, 당연한 일이지.'

요즘 이런 말을 자주 하려 한다.

2

시련 없는 성공은 없다

내 인생의 대부분은 실패와 시련의 연속이었다. 그 시련과 실패가 지금의 나를 있게 한 축복이었다. 한 번의 시련을 겪을 때마다 속살에는 세상과 맞설 갑옷이 한 겹씩 생겨났다.

나의 첫 번째 시련은 고2 때 아버님의 죽음이었다. 중2 때 후두암으로 쓰러져 3년의 투병생활을 끝으로 생을 마감했다. 돌아가시기 전 마지막 추석. 엄마, 아버지 두 분 모두 실향민이다. 추석명절이면 유달리 고향생각이 나서 외로워했다. 그래서 집안 친척들이 큰집에 모여서 술도 마시고 노래를 부르면서 즐거운 한때를 보냈다. 추석날 아침 예전과 같이 큰 집으로 갈 준비를 하고 있었다. 말기 암환자이신 아버지는 같이 가기에는 기력이 되지 않았다.

"아버지 빨리 갔다 올게요."

"그래 잘 갔다 와라."

"올 때 뭐 챙겨 올까요?"

엄마가 아버지에게 물어본다.

"그냥 소주 한 병만 가져와."

"알았어요."

빌라의 정문을 나섰다. 무심결에 이층 집을 돌아보았다. 거실의 커튼 뒤로 아버지가 우리를 내려다보고 있다. 짧은 순간 눈이 마주쳤다. 눈동자는 오랜 투병에 지쳐있었다. 같이 가지 못하는 아쉬움이 멀리서도 선명하게 느껴진다. 눈물이 고이고 발걸음이 떨어지지 않았다. 아직도 가슴이 저리는 아픔이다.

고1 겨울방학 문과와 이과를 결정해야 할 시간. 아버지와 마주 앉았다.

"홍선아 너는 대학을 어디로 가고 싶어?"

"네 저는 경영학과, 법학과를 가고 싶어요. 어릴 때부터 관심이 많았어요."

"그럼 문과를 가야겠네?"

"네 그렇죠."

한참을 고민하시던 아버지는 어렵게 한마디를 꺼내신다.

"홍선아, 이과는 어떠니? 문과보다는 취직이 잘 될 것 같은데?"

이 한마디를 거스를 수 없었다. 아버지 마음을 잘 알기 때문이다. 외아들인 나를 대학을 보내려고 공부 잘하던 누나를 상고로 보낸 분이다. 고등학교를 졸업하고 친구들은 대학을 진학하는데, 농협에 출근하는 누나를 보며 아버지는 많은 눈물을 흘렸다.

그런 본인이 자신의 죽음이 얼마 남지 않다는 것을 잘 알고 있었다.

"네 그렇게 할게요."

이 나지막한 대답은 인생의 첫 단추를 잘못 끼우는 시작이었다. 얼마 지나지 않아 아버지는 돌아가셨다. 나는 일찍 철들어 갔다.

고2 이과 수업 나와 맞지 않았지만 무조건 열심히 하였다. 당연히 성적은 노력만치 나오지 않는다. 적성에 맞지 않은 공부를 하는 괴로움은 생각보다 컸다. 그 괴로움은 대학까지 이어졌다. 화학과를 진학했다. 본격적인 전공수업에 들어가니 알아들을 수 없는 것이 너무 많다. 그럴 때마다 집안을 생각하고 억지로 머릿속에 집어넣었다. 남들이 한번 보면 열 번 이상을 공부했다. 마치 재능없는 음악가가 무식하게 노력으로 메꾸어 나가는 것 같았다. 싫은 공부를 하면서 내 청춘은 지나가고 있었다.

처음으로 내 삶을 선택했다. 직장을 그만두고 원하는 변리사 공부를 시작하였다. 삶을 내가 선택했다고 원하는 결과를 얻는 것은 아니었다. 계속되는 시험의 낙방으로 지쳐갔다. 점차 옛날 나약하고 냉소적인 자아가 요동친다. '네가 그렇지 뭐?' '무슨 원하는 삶을 선택한다고 까불더니?', '자식도 있는데 가장이면 책임을 져야지 무슨 너 인생을 산다고.'

한동안 자신에 대한 비난은 계속되었다. 그러나 오래가지 않았다. 내가 선택한 삶의 책임은 오롯이 나에게 있었다. 비난보다 해결책을 찾기 위해 생각을 바꾸었다. '그래 직장을 그만두고 나올 때 죽을 것 같았는데 2년을 버텼잖아?' '직장 그만 두지 않고 다녔으면 평생 후회하면서 살았을 거야?'

분명 실패를 했는데 나는 더욱 단단해지고 있었다.

변리사 시험을 그만두고 아내와 인터넷 쇼핑몰을 시작했다. 이상하게 두렵지가 않았다. 오히려 재미있었다. 주인공인 삶을 사는 맛이라고 할까? 좌충우돌 사건과 사고도 많았지만 해가 갈수록 자리를 잡아갔고 매출도 오르기 시작했다. 그런데 갑작스러운 세무조사는 그동안 이루어 놓은 것을 한순간에 사라지게 했다. 처음에는 그 현실을 똑바로 볼 수가 없었다. '세상 끝났구나. 이제 겨우 살만한데,' '고등학교 때부터 지금까지 편하게 한번 놀아 본 적이 없는데.' 한계를 시험하고 있었다. 기운이 다 떨어졌다. 땅을 딛고 서 있을 힘도 없었다. 마음속에는 부정적 생각이 활개를 치고 있었다.

'홍선아 너는 원래 그래 노력하면 무엇 하니 결과는 이런데?',
'괜히 힘 빼지 말고 쉽게 살아?'

'네 선택의 결과가 어떠니?' '이런데도 너를 믿어?' 한동안 자기 부정의 늪에 빠져 허우적거렸다. 매일 술만 늘었다.

세무조사를 받는지 며칠 지나지 않은 날 처남한테 전화가 왔다.

"큰일 겪었지 내가 위로주 한잔 살 테니 김포로 와 바람도 쐴 겸."

그날도 신경이 곤두서 있었다. 김포에서 곰장어 맛집로 소문난 집에서 만났다. 석쇠에는 맛있는 곰장어가 익어가고 있었다. 갑자기 복통이 심하고 소변이 마려웠다. 하루 종일 소변을 못 본 것 같은 통증이 느껴진다. 화장실을 갔는데 나오지 않는다. '이상하네.' 자리로 돌아왔다. 여전히 통증은 심하며 소변이 심하게 마려웠다. 다시 화장실에 가서 힘겹게 애를 썼다. 심한 통증과 함께 나온다. "아" 나도 모르게 비명소리가 나왔다. 핏빛을 띠고 있다. 소변이 나오면서 피가 같이 나오고 있었다. 앞에 붉은색이 선명하게 번지고 있다. 덜컥 겁이 났다. 피눈물을 흘린다는 말은 들어보았는데 이런 일은 처음이다.

통증이 심해 자리에 앉아 있을 수가 없었다. 아내가 운전해서 집 근처에 있는 한림대 병원으로 향했다. 김포에서 거의 두 시간이 걸렸다. 병원으로 가는 차 안에서 극심한 통증을 참을 수가 없었다.

"소변이 너무 마려워서 참을 수가 없어 뭐 없을까?"

"찾아볼게."

근처에 음료수 페트병이 보인다.

"되도록이면 참아 볼게."

식은땀이 흐르고 통증은 심해져 간다. 참을 수 없었다. 할 수 없이 페트병을 사용하여 소변을 보았다. 소변이 아니라 피가 나오고 있었다. 소변을 보는 동안 통증은 극심해져 갔다. 병원에 도착 했을 때 페트병 안에 검붉은 피가 가득하다. 보기만 해도 섬직하다. '이대로 죽는 것은 아니겠지?' 극심한 공포에 휩싸였다.

응급실로 들어가 의사의 진료와 검사를 받았다.

"선생님, 검사 결과 아무 이상은 없어요. 이런 증상의 환자가 가끔씩 있는데 자세한 원인을 알 수가 없어요. 스트레스가 가장 큰 원인이라는 것 말고는요?"

"혹시 요즘 스트레스 많이 받은 일 있으셨어요?"

"휴" 나도 모르게 한숨이 나왔다. 스트레스로 턱 빠진 것이 며칠 되지 않았는데. 다행히 의사의 '이상 없다'는 말 한마디로 통증은 씻은 듯이 사라졌다. 참 어이가 없었다.

'모든 일이 마음먹기에 달렸구나.' 괜찮다는 말 한마디에 통증이 사라졌으니. 또 한 번 한계를 경험했다. 자신을 믿고 의지하는 것 말고는 방법이 없었다. 시련은 또 한 번 나를 단단하게 만들었다. '자신을 믿지 않으면 시련 앞에 죽을 수도 있구나.' 하는 절박함은 시련에 당당하게 맞설 수 있는 힘를 주었다. 자이든 타의든 시련은 나를 성장시키고 있었다.

3

내 옷을 입어라

    과연 자신이 원하는 삶을 사는 사람이 몇이나 될까? 고등학교 때부터 너무 오랜 시간 나와 맞지 않는 옷을 입고 살았다. 고1 아버지의 유언 같은 말씀으로 이과를 선택한 후 원하는 인생을 살기까지 20년도 더 되는 시간을 보냈다. 그 시간 동안 주변인으로 살며 원하는 삶을 갈망했다. 현실보다 미래의 파랑새를 쫓아다녔다. 내게 맞는 옷을 입기까지 멀고 긴 여정을 거쳤다.

    고등학교 1학년 이, 문과를 나누던 때 아버지의 암투 병은 내가 원하는 선택을 할 수 없게 했다. 아버지의 유언 같은 한마디.

    "홍선아 이과를 졸업하면 취직이 더 잘된데?"

    이 한마디에 천생 문과생인 나는 아무 말을 할 수가 없었다. 취직이 잘되는 이과를 갔고 대학을 화학과로 진학하였다. 그렇게 현실에 순응하며 맞지 않는 옷을 입었다.

대학 4학년 여름방학. 매년 여름 방학 때 속초로 내려가 엄마 식당일을 도왔지만 올해는 내려가지 않았다. 인생의 중요한 갈림길에 있었다. 공부를 하던 4학년생들이 점심시간에 모였다.

"너는 어떻게 할 거야? 대학원에 진학할 거니 취직을 할 거야?"

"글쎄요, 취직을 하자니 너무 준비한 것이 없고, 대학원에 진학하자니 화학을 계속하기 싫은데."

말끝이 흐려진다.

"형은 어떻게 할 예정이세요?"

4학년을 같이 다니는 과 선배에게 물었다.

"나는 화학에 전혀 관심이 없어. 취직 할거야."

"홍선아 너는 계속 대학원 준비하지 않았니?"

"예 그렇긴 한데? 화학이 나와는 워낙 안 맞아서."

"야! 세상에 자기 하고 싶은 것 하며 사는 사람이 몇이나 되겠냐? 다 상황에 맞게 사는 거지."

무거운 침묵이 흘렀다. 4학년이 벌써 다 가고 있다. 결정의 시간이 얼마 남지 않았다.

'홍선아 너 그렇게 화학을 싫어했잖아', '그렇긴 한데 화학 공부한 것 말고는 따로 취업 준비한 것이 없어?', '참 한심하지. 화학이 싫으면 다른 준비를 했어야지. 4년 동안 이건 아닌데……. 만을 하면서 살았네.', '그래 세상에 자기가 원하는 것하고 사는 사람이 몇이나 되냐? 준비한 것도 없는데 대학원으로 도망가자?'

내가 생각해도 참 어이가 없는 결정이었다. 그렇게 나에게 맞는 옷을 입을 기회를 또 미루었다. 대학원을 졸업하고 제약회사 연구소에 취직을 했다. 회사가 판교에 있어서 파랑새를 쫓는 인생을 살기에 좋은 위치였다. 퇴근길 의약 편입, 변리사 등의 학원이 몰려 있는 강남을 지나고 있다. 원하는 삶을 살고 싶다는 갈망을 자극하기에 충분했다. 그렇게 파랑새를 쫓으면 6년간의 시간이 흘렀다.

삶의 첫 선택은 직장을 그만두고 변리사 공부를 하는 것이었다. 어디서 그런 용기가 났는지 모르겠다.

2년간의 변리사 공부는 실패로 끝났다. 원하는 삶을 선택해도 꼭 결과가 좋은 것은 아니구나? 아프고 쓰라렸다. '내가 그렇지 뭐?' '무슨 원하는 삶을 산다고 꼴값을 떨어?', '그냥 세상 시키는 대로 살아?' 한동안 부정적인 자아들이 활개를 쳤다. 그런데 실패는 했어도 원하는 삶을 선택하고, 주인공으로 사는 달콤한 맛을 보았다. 쓰라린 실패를 했지만 이미 나는 다른 사람이 되어있었다.

아내가 시작한 쇼핑몰에 합류했다. 단 월드를 다니며 시작한 명상은 나와의 대화를 하는 계기가 되었다. 이상하게 쇼핑몰에 대해 전혀 모르고 시작했는데도 두려움이 없었다. 오히려 설렘이 앞섰다. 이런 자신을 보며 놀래곤 했다. 원하는 삶을 사는 것과 현실은 전혀 다른 세계였다. 화학이라는 세상과 유리된 학문을 하고, 직장도 연구소에서만 있던 사람이, 사업을 처음 하니 오죽했을까? 동업을 하여 수천만 원 사기도 당하면서 맨몸으로 부딪혀 가며 쇼핑몰을 운영해 나갔다. 이 전쟁터 같은 삶의 현장에서 피 튀기고 뼈가 뒤틀어지는 고통은 오롯이 나의 몫이었다. 고통스러웠지만 이상하게 그 생생한 고통이 전부 내 것이라는 사실이 오히려 감격스러웠다. 그동안 주변인으로 살아오면서 느끼지 못한 감정이다. 아침 일찍 출근 하고, 밤 아홉 시부터 도매시장을 돌고, 집에 들어가면 새벽 두 시가 훌쩍 넘는다. 아이들은 주말을 빼고는 항상 자는 모습만 보았다. 그런데도 힘든 줄을 몰랐다. 내 몸에 맞는 옷을 입고 산다는 것이 이렇게 즐겁고 신나는 일인 줄은 몰랐다.

쇼핑몰 5년 차 힘들었지만 가슴 뛰는 삶을 사는 중 시련이 닥쳤다. 5년간 힘들게 이루어 놓은 쇼핑몰이 한순간에 사라지게 되었다. 요즘 쌍둥이 아들 녀석들을 복싱 학원에 보냈다. 막내 태양이가 다녀와서 한마디 한다.

"아빠 코치님이 선수와 일반인의 차이는 주먹이 날아오면 끝까지 보느냐, 마느냐의 차이래?"

나는 허망하게 사라져 가는 현실을 이 악물고 끝까지 응시했다. 그리고 그 속에서 피 터지고 쓰러졌고 힘겹게 다시 일어났다. 마지막 세무조사를 마치고 사무실을 나오는데 담당 팀장이 밖까지 배웅을 나온다.

"두 사람 보니 분명히 다시 시작할 수 있을 거야."

"잘 될 거니까 낙담하지 말아요."

팀장의 표정은 모든 것이 자신의 잘못인 것 같았다. 세무조사관의 입에서 나올 수 없는 말이 나오고 있었다. '그래 남들이 나를 이렇게 봐주는구나, 다시 잘 될 거라고.'

자신에게 맞는 옷을 입기까지 20년이 넘는 시간이 걸렸다. 혹독한 대가를 치렀다. 내가 원하는 삶을 선택했다고 행복해졌을까? 자신에게 맞는 옷을 입는다는 것은 선택의 문제다. 그 과정에서 세상에 무수하게 깨지고 피가 터지면서 쓰러졌다. 그래도 다시 일어나 원하는 삶을 살 수 있는 힘은, 그 시간의 힘겨운 경험이 켜켜이 쌓여 오롯이 내 것이 된 덕분이다. 이제는 결과를 두려워하지 않고 원하는 삶을 결정하는 주인공의 삶을 살고 있다.

주인공이 삶을 사니 행복해졌을까? 행복도 선택의 문제라는 것을 알았다. 나는 행복을 선택했고 행복한 삶을 살고 있다. 반쯤 물이 찬 유리잔을 보면 '반이나 있네?' 하며 산다.

4

실패까지 사랑하라

　인생을 돌아보면 성공보다 실패가 많았다. 원하지 않는 진로선택, 대학생활, 변리사시험 실패, 쇼핑몰의 몰락 등 시련과 실패는 나 자신을 '너는 무슨 일을 하든지 실패할 거야?'라고 생각할 정도였다.

　얼마 전 아내와 재래시장을 다녀왔다. 오랜만에 와서 이것저것 신나게 돌아보고 있었다. 그런데 갑자기 뒤에서 빵빵하는 클락션 소리가 요란하게 울린다. 그 소리가 얼마나 컸던지 잘 놀래지 않는 아내가 깜짝 놀란다. 주위 상인들도 다 쳐다본다. 아내가 급히 옆으로 물러서며

　"깜짝 놀랐잖아? 뭐 저런 몰상식한 사람이 있어."

그러면서 나를 쳐다보고 더 놀란 표정을 짓는다.

"당신은 안 놀랐어?"

어릴 때부터 무척 예민했다. 아내와 시장을 갔다 조금만 큰소리가 들리면 화들짝 놀랐다. 그런 모습이 재미있는지 아내는 자주 놀렸다.

그런데 오늘 내가 놀라지 않는다.

"글쎄, 나도 들었어, 그런데 놀라지가 않네. 나도 이상하다."

아내는 잠시 골똘히 생각을 하더니 한마디 한다.

"당신 그동안 너무 험한 일을 많이 겪어서 그래?"

"이제는 이 정도는 아무것도 아니지."

그러고 보니 얼마 전에도 운전을 하고 가다 가벼운 접촉사고가 났다. 평소 같으면 가슴이 벌떡거리고 손이 덜덜 떨리곤 했다. 그런데 이상하다. 차분하게 차를 내려 사고 부위를 보고 가볍게 웃으면서 상대방에게

"괜찮으세요, 다친 데는 없으세요?"

라고 말을 하고 있지 않은가? 그때는 의식하지 못했는데 아내의 말에 그 일이 생각난다. '정말 험한 일을 많이 겪어서 내가 단단해 진건가?'

잠시 아내가 말한 그 많은 험한 일들이 떠오른다. 원치 않은 화학과를 선택해 힘겹게 공부하고 직장생활을 한 시간들은 나에게

무슨 의미가 있을까?, 삶은 도망간다고 해결되는 것이 아니어서 원하는 삶을 위해 직장을 그만두고 변리사 공부를 했던 시간, 아무 경험 없이 쇼핑몰을 시작하여 주인공으로 사는 맛을 진하게 느꼈던 시간, 한순간에 모든 것을 잃고 바닥에서 다시 어린이집을 운영하며 이렇게 글을 쓰고 있는 이 믿지 못할 현실은……

지금은 지나온 실패들이 어떤 의미가 있을까?

대학 4학년 학기 초 진로를 결정해야 했다. 대학원을 갈 것이냐 취업을 할 것이냐. 같은 학번 동기 광현 이를 도서관에서 만났다.

"홍선아, 진로는 정했니?"

"아니 너는?"

"나는 고민을 많이 해 보았는데 변리사 시험을 준비하려고 해."

"변리사?"

"특허 전문 변호사라고 보면 돼. 우리는 화학분야 특허가 전문이 되겠지?"

"내일 강남학원을 알아보러 가는데 관심 있으면 같이 갈래?"

"그래 생각해 볼게."

대학 4학년 초이다. 그때 내 앞에는 두 가지 길이 있었다. 하나는 현실에 타협하는 쉽고 편안한 길, 다른 하나는 어렵고 불투명하지만 원하는 삶의 길이었다. 그러나 나는 삶의 관성에 이끌려 현실에 타협하는 길을 선택하였다. 그 결과 10년간 의미 없는 시간을 보냈다. 이제는 잘 안다. 현실과 타협하는 쉽고 편안한 길의 끝이 무엇이 있는지?

오랜만에 단월드 수련장에 나왔다. 코로나로 인해서 오프라인 수련을 잘 못하는 와중이었다. 도인체조로 온몸은 많이 이완되었다. 호흡에 들어간다.

"자 자세를 취하고 가볍게 호흡을 합니다. 자 명문으로 들이쉬고 단전으로 내쉽니다."

"하나, 둘, 셋, 자신의 호흡에 집중하세요.

"그러면 생각이 줄어듭니다. 자신의 호흡에 집중하세요."

"아무 생각이 없는 상태. 무아를 체험하게 될 겁니다"

잔잔한 명상음악이 흐르고 실내등은 가볍게 꺼진다. 호흡에 자연스럽게 집중한다. 생각이 서서히 줄어든다.

"무아의 상태가 되면 자신의 한계를 넘게 됩니다. 한번 체험하세요."

점점 더 집중하면서 자신 속으로 들어간다. 한순간 아무 생각이 사라지고 무아상태가 된다.

기분이 편안해진다. 불과 1분도 되지 않는 짧은 순간이다. 그런데 이 순간이 전에도 있었던 것 같다.

언제더라. 집으로 오면서 골똘히 생각해 보았다.

여러 해 전 쇼핑몰의 세무조사를 받던 날이다. 그날 이런 무아의 경험을 했었다

"사장님이 누구죠?"

뒤를 돌아보았다. 10여 명의 사람들이 서 있었다.

"저희는 세무서에서 나왔습니다. 세무 포탈이 의심되어 조사하겠습니다. 협조 부탁합니다."

"아~~내~~"

익숙한 손놀림으로 수십대의 컴퓨터 본체를 분리해 가져온 박스에 넣는다. 책상 위에 있는 서류들은 쓸어 담듯 순식간에 사라진다. 드라마에서나 본 장면이 왜 여기서?

'멍~~~~' 오늘 수련에서 느꼈던 '무아' 느낌 그대로이다. 생각이 사라진다. 손발이 얼어붙어 움직일 수가 없었다. 어떻게든 움직여야 한다. 해결해야 한다. 나 말고 할 사람이 없지 않나? 그런데 한 발도 뗄 수가 없었다. 털썩 주저앉았다 그리고 얼어붙은 다리를 주먹으로 두드리고 있었다. 세무조사원들이 나를 힐끗 쳐다본다. 눈이 마주쳤다. 다시 일어나려 했지만 허사다. 잠시 멍하니 있었다. 고요하다. 주위 소리가 들리지 않는다. 얼마나 시간이 흘렀을까? 정신을 차려보니 모든 상황은 끝나 있었다. 죽을힘을 다해 일어섰다. 한발, 한발을 떼었다. 한계를 깨고 있었다. 도망가지 않고 해결을 시작했다.

한계를 깨기 위해 턱이 빠졌고. 피오줌이 나왔다. 실패의 잔혹한 도구는 나를 새로운 사람으로 만들었다. 이제 실패는 축복이 되었다. 살면서 누구나 실패를 경험한다. 실패를 실패라고 규정짓지 않는 한 나아지는 과정일 뿐이다. 실패로 점철된 내 인생, 실패에서 소중한 인생의 지혜와 경험를 얻었다. 이제는 그것을 알기에 담담하게 받아들이며 나아간다. '하늘이 나를 얼마나 크게 쓰시려고 이런 선물을 주셨냐?, 감사합니다.'라고 하면서.

5

나 자신과 대화하라

　내 인생은 성공보다 실패와 시련이 더 많았다. 쓰러졌다 다시 일어날 수 있었던 힘은 자신과의 대화였다. 극단적인 상황에서 자신과 대화를 하게 되었다. 처음 많이 당황스러웠다. 자신을 너무나 모르고 있었다. 솔직한 대화를 하면서 자신이 불쌍했다. 그리고 사랑하고 신뢰하게 되었다. 자신을 믿으면서 새로운 시도와 실패를 조금은 담담하게 받아들이게 되었다.

　직장생활을 한 지 7년여 되어간다. 여러 해 전부터 그만둘 생각이었다. 그래서 퇴근 후 변리사 준비를 하고 있었다. 그만두고자 결심이 섰을 때 결혼을 하고 첫딸이 채 돌이 지나기 전이었다. 경제적 대책 없이 직장을 그만둔다는 것이 너무 무책임해 보였다.

몇 개월 전부터 심한 갈등에 빠졌다. '그만둘까, 말까?' 더 이상 맞지 않는 일을 하기에 한계치를 넘어서고 있었다. 대학 4학년 때 도망가듯 대학원을 선택한 때가 생각났다.

'김홍선 그때 도망가지 않고 원하는 것을 선택했으면.' '8년의 시간을 허비하지 않았을 아니냐?' '아니 그때는 너무 준비가 없었어. 집안 생각해서 내가 참으면 될 줄 알았지?' '내가 이렇게 질식할 줄은 몰랐어.' 익숙해질 줄 알았던 대학원 때의 선택은 결국 나를 더욱 질식하게 할 뿐이었다. 이번에는 결정을 도망칠 수가 없었다.

'그만두면 어떻게 할 건데?' ' 그동안 준비한 변리사 공부나 할 거야?' '안되면 어떻게 할 건데?' '지금 숨을 쉴 수가 없어 우선 살고 보자.' 그렇게 도망치듯 직장을 그만두었다. 자신과 대화를 하면서 알고 있었다. 변리사가 되고 싶은 마음보다 화학을 하고 싶지 않아 도망가는 것이라는 것을, 질식할 것 같아 일단 살고 보자.

직장을 그만두고 변리사 시험을 공부한 지 만 2년이 지났다. 정오. 동네 독서실은 텅 비어있다. 캄캄한 독서실에서 2년을 보냈다. 오늘 시험 발표가 났다. 이름이 없다. 이제 결심을 해야 한다. 1년 다시 더 할 것인가. 깨끗이 포기를 할 것 인가? 단 월드 명상수련을 한 지 1년. 나 자신과의 대화가 수월하다. '이제 어떻게 할까? 더할 거야 아니면 여기서 접을 거야?' '직장을 나오면서 이런 상황은 생각도 못했는데, 내가 원하는 것을 선택하면 이루어질 줄 알았어?' '그런 것이 어디 있냐? 원하는 것을 얻으려면 대가를 치러야지.' '너 그러고 변리사가 정말 되고 싶어서 선택한 것이 아니잖아, 화학이 싫어서 도피처로 선택한 거잖아 솔직해 지자고.' 대답할 말이 없다.

'그만두면 무얼 할까?' '일단 그만둘 건지나 생각해라. 너는 맨날 현실을 안 보고 미래만 걱정하냐?'

자신과 대화를 할수록 생각이 명료해졌다. 공부를 지속할 이유가 생각나지 않았다. 다음날 아내와 어머니에게 시험을 포기한다고 얘기했다.

"당신 그동안 한 것이 너무 아까운데 1년만 더 해 봐."

"그래 홍선아 그 어려운 시험을 어떻게 2년 만에 붙겠냐? 잘 생각해 봐라."

아내와 어머니는 나의 결정을 만류하였다.

"나는 할 만큼 한 것 같아. 그리고 내가 원하는 것을 이제는 알았어."

더 이상 할 이유가 없었다. 나 자신과 대화는 몰랐던 자신을 알아 가게 되었다. 자신을 알수록 선택의 망설임은 줄어들었다.

변리사 시험을 그만두고 무엇을 할까 고민 중에 아내가 시작한 쇼핑몰 일을 잠시 도와주었다. 일이 재미있다. 신상을 해오고 사진을 찍고, 보정작업을 해서 사이트에 올린다. 한 일의 결과가 바로 눈앞엔 보인다. 무언가에 홀린 듯이 빠져들었다. '일을 하면서도 이렇게 재미있을 수 있구나?' 난생처음 느끼는 성취감이다. 그렇게 스펀지에 물이 스며들 듯이 새로운 사업을 시작하게 되었다.

' 왜 이렇게 재미있을까?' '네가 하던 화학이 세상과는 유리된 학문이어서 그래?'

'연구실에서도 맨날 너 혼자 실험했잖아? 그러니 이 일이 얼마나 재미있겠니?' '그럴까?' '처음이라서 그래 일 년만 해봐 그래도 재미있으면 너 한데 맞는 거야.'

점점 빠져들고 있었다. 처음에는 하루 종일 독서실에 박혀 공부하지 않으니 좋겠지 생각했다.

'그래 그럼 딱 일 년만 해보자. 그동안 다른 일도 찾아보고.' 일 년이라는 시간은 금방 지나갔다. 사업은 조금씩 확장이 되었고 나는 쇼핑몰 사업에 푹 빠져 들어갔다. 처음 겪는 달콤한 경험이었다. 동업의 사기도 당해보고 별별 실수를 다 해보았지만 그것조차 달콤한 과정일 뿐이었다. 자신과의 대화를 통해 점점 나아지고 있는 자신을 사랑하게 되었다.

그렇게 우여곡절을 겪으면 쇼핑몰을 운영해 나갔다. 사업이 확장되면서 경쟁은 치열하기만 했다. 인터넷은 원클릭만 하면 손쉽게 가격비교가 가능해서 과도한 가격경쟁을 유발했다. 마진율이 낮았다. 그리고 인터넷 광고비는 해마다 높아만 갔다. 매출은 해마다 늘었지만 경영은 악화되고 있었다. 사업이 힘들수록 내면에는 냉소적인 자아의 목소리는 점점 커져갔다. '네가 그렇지 뭐?' '연구나 하던 놈이 무슨 사업은 한다고 하더니?' '직원 관리가 제일 어렵지? 조직에서 사람들을 이끌어 봤어야지?' 그러던 와중에 세무조사가 터졌다. 아무 생각이 없는 진공상태. 명상의 깊은 상태 '무아'와 같았다. 다른 점은 예상치 못한 거대한 파고에 멘탈은 산산이 부서졌다. 다행인 것은 냉소적 목소리도 함께 사라졌다. 단지 '이 일을 해결할 사람은 나밖에 없다' 이 소리만 들렸다. 숨 쉬기가 어려웠지만 살아야겠다는 본능이 꿈틀거렸다. '지금 내가 살려면 어떻게 해야 하니?' '글쎄 나도 모르겠다. '도망갈까? 아니 그러면 이 사태는 누가 수습을 하냐?' 자신과 대화를 하고 있다.

'아내가, 아니면 직원이?' '죽고 싶지?' '그래 죽는 것이 제일 편해, 애들은 어떻게 할 건데?'

'죽을 각오로 살길을 찾아보자?' 더 이상 도망가지 않았다. 그리고 치열하게 살길을 생각했다.

'가쁜 숨부터 진정시키자?' 죽을힘을 다해 가쁜 숨을 진정시키려 애를 썼다.

그래서 생각한 것이 생존을 위해 '절대 긍정'을 하였다. '야 하늘이 너를 크게 쓸려는가보다. 이렇게 기막힌 시련을 내려주시는 걸 보면?' 아무리 이 상황을 긍정하려고 해도 이 한 글귀 말고는 도저히 생각나는 것이 없었다. '참 말이 안 된다.' 그래도 절대긍정의 이 말을 반복해서 되뇌었다. 이것 말고는 할 것이 없었다. 그런데 신기하게 잠시 후 가쁜 숨이 점차 안정되어갔다. 주저앉은 다리에 피가 돈다.

일어났다. 세무사를 만나 이 사태를 의논하기 시작했다.

몇 년 동안 자신과의 대화를 통해 나 자신에 신뢰가 쌓였다.

내 자신은 절대 긍정의 말을 아무 의심 없이 받아들였다. 그리고 해결을 시작하였다. 도망가지 않고…

절대 긍정은 시련을 '성장의 기회'로 관점을 바꾸었다. '너는 할수 있어.' '하늘이 너를 크게 쓰려고 단련 하려고 하는 거야?' '자! 네가 얼마나 잘 하나 보자?' '항상 너의 시련의 끝은 해피엔딩이야?' 절대긍정의 목소리로 가득 찼다. 그리고 나는 시련을 온몸에 맞으면서 성장했다.

6

과연 나의 행복은 무엇일까?

아내와 어린이집으로 출근을 한다. 원에 도착하고 바쁘게 아침 업무를 보고 자리에 앉으면 10시 30분경. 커피 머신 기에 물을 채운다. 뚜껑을 열고 캡슐을 넣는다. 안쪽에서 열선이 데워지는 미세한 소리가 들린다. 파란불이 들어왔다. 머신 위 손잡이를 오른쪽으로 돌린다. 향기로운 커피 향과 함께 커피가 나온다. 작은 사무실에 커피 향이 가득해 진다. '흠' 맘껏 들이쉰다. 냄새가 달콤하다. 커피를 들고 자리에 앉는다. 한 모금 마신다. 기분 좋은 향이 입 안 가득 퍼진다. '아~ 행복하다' 하루 중에 가장 행복한 순간이다. 한 꼭지 글을 쓰기 위해 노트북을 열었다. 오늘 쓸 내용이 '과연 나의 행복은 무엇일까?'이다. 갑자기 머리가 무거워진다.

그동안 행복과는 상반된 삶을 살아왔기에 이번 주제는 글쓰기가 힘들다. '행복한 순간이 언제였더라?' 생각해 내려고 애쓰지만 쉽게 떠오르지 않는다. 아이들이 태어난 순간 말고는 생각나는 것이 많지 않다. 오늘은 어떻게 써야 하나? 한참을 고민하다 한 가지 생각이 떠오른다. '그럼 언제 가장 행복할까?' 고민의 여지가 없이 '지금 이 순간'이다. 지금이 가장 행복하다. 이 순간의 행복을 위해 그동안 너무나 거친 여정을 지나왔다.

고등학교 때 이과를 선택하고 대학을 화학과로 진학했다. 학부 동안 적성에 맞지 않은 화학 공부에 지쳐가고 있었다. 그때 생각하는 행복은 빨리 취업을 해서 고생하는 어머니를 행복하게 해주는 것이었다. '행복해하는 어머니의 모습'을 상상하며 힘든 하루하루를 버텨나갔다. 지금 생각해 보면 행복은 손만 뻗으면 닿을 수 있는 곳에 있었다. 강의가 비는 시간 캠퍼스에서 동기들과 한가로운 잡담, 아름다운 봄날 여자 친구와 가벼운 데이트, 시험 끝난 저녁 친구들과 밤늦도록 이야기하는 술자리. 이런 추억들이 없다. '왜 그때 못했을까?' 가슴 한편이 시려온다. 그때는 마음의 여유가 없었다.

대학원 생활은 생각보다 만만치가 않았다. 깐깐한 지도교수를 매일 상대하며 엄청난 스트레스를 받았다. 스트레스가 임계 치를 향해 가고 있을 때였다. 고등학교 친구 절규가 찾아왔다.

"홍선아 나만 믿고 일주일만 시간을 내줄 수 있니?"

"왜"

"내가 얼마 전에 어디를 다녀왔는데 지금처럼 행복한 적이 없다. 너한테 소개시켜주려고."

"너 사이비 같은데 다녀온 것 아니냐?"

"홍선아 내 얼굴을 봐 내가 거짓말을 하는지."

철규 얼굴을 물끄러미 쳐다보았다. '행복하다는 말을 들어서인지 행복해 보이는 것 같다.'

"일주일만 시간을 내봐 세상에 제일 행복해질 거니까."

'일주일만 시간을 내면 행복해진다.' 얼마나 달콤한 말인가? 그때 행복이란 단어는 나에게 사치였다. 힘들지만 않으면 행복이라 생각했다. 이미 철규의 한마디에 마음은 그곳을 향하고 있었다. 다음날 바로 떠난 원주의 산골에 위치한 기도원 '하느님의 말씀을 무조건 따르면 행복해진다'는 황당한 말들. '이 말씀을 받지 않고 돌아가면 영원한 구원이 없다'는 협박 같은 말. 1992년 겨울은 잠시나마 행복이 무엇인지 생각해 본 일주일이었다. 그런데 나는 죽었다 깨어나도 행복을 신에 맡길 수가 없었다. 철규처럼.

오랜 시간 피땀 흘려 만들어온 쇼핑몰을 하루아침에 정리했다. 남은 것은 엄청난 세금과 지급해야 할 직원들의 월급과 퇴직금, 업체의 물건값. '이것이 그동안 고생한 결과인가?' 허망한 현실에 망

연자실할 여유도 없었다. 밀린 월급과 퇴직금을 구하려 다녀야 했다. 하루는 검찰에서 전화가 왔다. 가슴이 덜컥 내려앉았다.

"김홍선 사장님이시죠?"

"네 그런데요?"

"월급과 퇴직금 미지급으로 고발되었습니다. 검찰로 출석하셔요."

다음날 검사 앞에 앉았다.

"김OO 씨 아시죠? 그분이 고발했습니다."

"무슨 말씀이죠. 이미 사정을 얘기하고 지급하기로 약속을 했는데? 다시 한 번 확인 부탁합니다."

"김OO 씨 고발 확실합니다. 사장님들이 와서 똑같은 얘기 많이들 합니다. 합의를 했어도 빨리 받으려는 압박 수단으로 이렇게 고발을 많이 합니다."

"그럼 어떻게 해야죠?"

"빨리 지급하고 지급한 영수증을 보내주시면 고발은 없던 것으로 해드립니다."

오늘 아침에도 출근해서 얼굴을 본 직원이다. 제일 잘 해주었는데……. 며칠 전 사정을 얘기하고 지급 일자를 미루었다. 그런데 고발을 했다. 인간적 모멸감에 얼굴이 시뻘게지고 손이 떨려왔다. '오늘 아침에도 보았는데 어떻게?' 검사 사무실을 나와 잠시 의자에 앉았다. 숨 쉬기가 힘들다. 회사로 돌아오는데 한 교회의 벽면에 쓰인 글귀가 눈에 띄었다. '숨을 쉬고 기도하는 것만으로 신께 감사하다' 그것을 본 순간 숨을 쉴 수 있었고 기도할 수 있었다. 그 힘든 상황에서도 '행복은 생각하기 나름이구나.' 속으로 되뇌었다.

벌써 2월이다. 올해는 작년과 다르게 신입생 모집이 많이 되지 않았다. 운영을 책임지고 있는 나로서는 3월 신학기 운영을 어떻게 하나 걱정이 많이 된다. 이런 걱정도 잠시! 요즘은 에너지가 떨어져서 인가? 할 수 있는 것만 생각하고 걱정한다. 그 많은 실패와 시련을 겪으며 행복에 대한 생각을 바꾸었다. 결과보다는 과정을 즐기려고 한다. 목표는 삶의 나침판으로 이용할 뿐이다. 내일 보다 현재의 나를 사랑하고 신뢰한다. 내일의 나는 내일 사랑하면 된다. 지금은 이 향기로운 커피 한잔이 억만금보다 더 소중하다.

7

더 이상 싸우지도
미워하지도 않는다

7호선 중화역 개표기를 지나 출입구 쪽으로 가고 있는데 한쪽에서 젊은 남녀가 싸우고 있다.

"아니 글쎄 왜 또 딴소리야?"

"내가 언제 그랬다고 그래. 상황에 따라서 약속도 바뀔 수가 있지 그렇게 융통성이 없어?"

"아니 말을 했으면 지켜야지 그게 말이 되냐?"

점점 언성이 높아진다. 전철이 도착하고 지나가는 사람들은 많아진다. 다들 지나가며 흘긋흘긋 본다.

격렬히 싸우는 남녀는 사람들을 신경 쓰지 않는다.

"야 대화가 안 된다, 말이 안 돼."

"나도 마찬가지야 말을 말자."

싸움을 끝내고 '쌩! 하면서' 각자 걸어간다. 그렇게 싸우는 남녀는 신혼 초 아내와 나였다. 우리 성격은 너무나 대조적이었다. 나는 고지식했다. 약속을 했으면 목숨을 걸고 지켜야 했다. 계획한 일이 틀어지면 어쩔 줄을 몰라 했다. 반면 아내는 상당히 유연했다. 소위 '융통성이 많았다' 내가 가지지 못한 점이 좋아서 결혼을 했다. 그런데 일상의 사소한 것에서 사사건건 부딪혔다. 주로 내가 먼저 화를 냈다.

그날 저녁 식탁. 싸워도 금방 풀어진다. 항상 성격 급한 내가 먼저 사과를 한다.

"오빠 여유를 가져봐, 어떻게 세상을 사는데 계획대로 돼?"

"상황이 바뀌면 받아들일 줄도 알아야지, 계획대로 되지 않으면 죽어?"

"그러게. 아는데, 잘 안 된다. 아버지가 돌아가시고 시간에 대한 강박이 생긴 것 같아."

"빨리, 빨리 공부를 해서 집안을 내가 맡아야 한다, 엄마 고생을 끝내드려야 한다. 등"

"참, 이제는 안 그래도 되잖아?"

"그러게, 그렇게 싫어하는 화학실험을 오래 하다 보니, 이것도 직업병인가 봐?"

"A와 B를 넣으면 정확히 C가 나와야 해. 그렇지 않으면 그 실험은 망친 거야, 그런 생활을 오래 해서 그런가?"

아내는 그런 나를 쳐다보며 이해를 할 수 없다는 표정을 짓는다. 그 이후로도 정말 지겹도록 많이 싸웠다. 그런데 이 지겨운 싸움을 끝낼 축복 같은 사건이 터졌다.

인생에는 에너지 총량의 법칙이 있다고 한다. 내가 쓸 에너지가 10이 있으면 어떤 일에 9를 쓰면 다른 일에 1밖에 쓸 수 없다고 한다. 만약 그 이상의 에너지를 쓴다면? 그것은 생명에너지를 억지로 끌어다 쓰는 것이니 건강에 무리가 가거나 수명이 단축된다고 한다. 살면서 격하게 공감하는 말이다.

쇼핑몰 5년 차에 닥친 세무조사는 에너지를 순식간에 빨아들이는 블랙홀이었다. 사태를 해결하는데 모든 에너지는 쓸 수밖에 없었다. 당연 다른 곳에 쓸 에너지는 없었다. 아내와 싸움은 자연스럽게 줄어들었다. 그러면서 서로 다른 시각을 이해하게 되었다. 물론 지금도 싸운다. 단지 그 횟수는 급격히 줄었다.

정신없어 쇼핑몰을 정리하는 과정에서 가장 잘 해준 직원에게 고발을 당했다. 밀린 월급과 퇴직금은 늦어지겠지만 지급을 약속하고 난 뒤였다. 검사 앞에 앉았다.

"김홍선 씨 맞습니까?"

"네 그렇습니다. 그런데 무슨 일인지?"

"네 김OO 씨가 근로기준법 위반으로 고발을 했습니다. 밀린 임금과 퇴직금 관련입니다."

"네~ 본인하고 늦지만 지급하기로 합의를 했는데요?"

"이런 경우가 자주 있어요. 합의는 했지만 빨리 받으려는 압박 수단으로 고발을 합니다. 임금 체불 건은 근로자 입장에서 해결해 주는 것이 원칙이예요."

"그럼 어떻게 해야죠?"

"빨리 돈을 구해서 지급을 하세요. 임금을 받았다는 확인서를 제출하시면 기소유예처리 하겠습니다."

"네 알겠습니다."

죄를 지은 범죄가가 된 것이다. 젊은 검사에게 머리를 조아리고 나왔다. 부들부들 떨리는 모멸감에 온 몸을 떨었다. 그때처럼 한 인간을 미워한 것이 없다.

며칠 후 일산에 처남을 만나러 갔다가 화장실에서 쓰러질 뻔했다. 심한 복통과 오줌이 마려워 소변을 보는데 피가 나온다. 붉다 못해 검붉은 색의 피가 선명하다. '이대로 죽는 거 아니야?' 하는 생각에 온몸이 얼어붙었다. 아내가 운전을 해서 집 근처 한림 동탄 병원에 두 시간 만에 도착했다. 오는 중 소변의 고통이 너무 심해서 페트병에 간간히 소변을 넣으면서 왔다. 도착하고 보니 페트병 안은 검붉은 피가 흥건하다. 검사가 진행되었다. 한 시간 후 의사가 왔다.

"검사 결과는 아무 이상이 없습니다, 혹시 최근에 심한 스트레스를 받은 적 없으세요?"

"네 있기는 한데"

"그럼 그게 원인일 수 있어요. 약은 삼일 치 처방하겠습니다."

의사의 '괜찮다'는 한마디에 그렇게 아팠던 통증은 씻은 듯이 사라졌다. 내가 최근에 받은 심한 스트레스가 무얼까, 세무조사 말고 생각나는 것이 없었다. 갑자기 고발한 직원을 미워 아니 증오한 것이 떠올랐다. '누구를 극심히 미워하면 내가 죽을 수도 있구나!' 소름 돋는 경험을 했다. 그 이후 남들을 미워하지 않는다. 대신 이해하기로 했다. 그랬더니 에너지가 훨씬 덜 소모되었다. 오히려 에너지를 받을 때도 있었다. 당연 남과의 다툼은 줄어들었다. 다시는 이런 마음고생은 피할 수 있었다.

아내와의 아침 출근길 대화다

"오빠 미국 캘리포니아에 허리케인이 몰아쳐서 많은 사람들이 죽었데?"

"그래 안됐네."

"어떡하지 걱정이 되네."

"은영아 걱정하지 마. 미국에 훌륭한 분들이 많으니까 잘 해결 것이야? 우리 일이나 열심히 하자."

작년 3월부터 코로나 때문에 1년 내내 제대로 원을 운영한 적이 드물었다. 그래서 퇴소하는 원아들이 늘어났다. 자연 경영은 어려워졌다.

"대표님 코로나가 언제까지 갈 것 같아요? 이렇게 휴원이 길어지면 퇴소하는 원아들이 늘어날 텐데."

아내의 시름이 깊어진다.

"신 원장, 그걸 내가 어떻게 알아 코로나는 우리가 어떻게 할 수 없잖아?"

"그러니까 코로나 걱정은 내려놓고 우리가 할 수 있는 일부터 생각해 보자고? 당장 할 수 있는 일이 무엇이 있을까?"

"그럼 휴원으로 집에 있는 아이들이 할 수 있는 교재 등을 보내주면 어떨까요?"

"그래 그거 좋겠는데, 하루 종일 할 것도 마땅히 없을 텐데, 이번 주 내로 준비해서 직접 보내주자고."

할 수 있는 일부터 하나씩 실행해 나갔다. 내가 운전해서 일일이 직접 전달해 주었다. 받으러 나온 어머니와 아이들은 반갑게 담임 선생님을 맞이한다.

"재우야~~"

"선생님"

반갑게 서로를 안아준다. 지켜보는 얼굴에 미소가 번진다.

나는 살기 위해 남을 미워하는 대신 이해하려 한다. 그래도 안 되면 신경을 끈다. 내 일에 관심을 갖고 에너지를 쏟는다. 남들의 말과 시선에 그리 신경 쓰지 않는다. 미래를 걱정하기보다는 현재 발등에 떨어진 불을 끄는데 집중한다. 그렇게 해서 쇼핑몰을 정리하고 새로운 일을 시작할 수 있었다. 이 생존 프로그램은 이제 습관이 되었다. 세무조사가 지금 생각해 보면 '축복'이라고 생각하는 이유다.

아침 일어나면 생각한다. 오늘 주어진 에너지를 어디에 쓸 것인가? 나와 남을 돕는데 쓰고 싶다. 적어도 남을 미워하고, 남의 말과 시선에 신경을 쓰고, 통제할 수 없는 일에 쓰지는 않을 것이다. 왜냐하면 자신에게 충실하기에도 충분치 않다는 것을 알기 때문이다.

8

과거의 나에게

오늘은 일찍 집에 들어왔다. 현관문을 열고 들어오니. 34평 아파트가 작게 보인다. 방학을 해서 집에 와있는 첫째 지윤이, 이제 중학교에 올라가는 쌍둥이 태후 태양, 그리고 어머니 여섯 명의 식구가 북적북적하다. 아이들을 보니 고등학교 때 생각난다. 한 공간에 살지만 나는 아이들의 미래에, 아이들은 나의 과거에 살고 있다. 그런 생각이 드니 서늘한 느낌이 지나간다. 우리 애들만큼은 학창 시절에 겪었던 첫 단추를 잘못 끼우게 하면 안 되는데……

나도 모르게 고1 아버지와의 진로를 의논하는 자리로 가고 있다. 무언가 한마디를 해주고 싶었다.

"홍선아 너는 이과 문과 어디를 가고 싶니?"

"예 아버지 저는 문과를 가고 싶어요?"

"문과 가서 대학 어디를 가고 싶니?"

"예 법대나 경영대를 가고 싶어요?"

"홍선아 이과가 졸업하면 취직이 더 잘된다고 하던데?"

세 명 아이들의 가장이 되어있다. 그때 아버지가 이과를 권유한 마음을 절절히 이해한다. 속초에 넉넉지 않은 가정형편에서 아버지는 나를 대학에 보내는 걸 가장 큰 희망으로 생각했다.

돌아가시며 어머니에게 남기신 마지막 유언.

"어떻게 해서든 홍선 이를 대학까지 부탁할게 미숙 애미."

내 걱정으로 편한 눈을 감지 못했다. 지금은 그때 고2의 나, 아버지를 너무나 잘 이해한다.

조금만 용기를 내지. 아버지가 바라는 것은 결국 이과를 나와서 취직이 잘되는 것이 아니라 행복한 삶을 사는 것이었는데……. 나중에 힘들어하는 것은 결코 아버지가 원하는 것이 아니었을 것이다.

"아버지 문과를 나와서도 취직 걱정 없게 최선을 다할 자신이 있어요?"

"내가 하고 싶은 공부를 하면 더 잘할 것 같아요, 아버지 걱정하지 않게 할게요."

"그래, 그럼 네가 원하는 문과를 가라. 그 대신 최선을 다 해라."

아버지의 마지막 부탁이었다. 고등학교 때를 생각하면 항상 떠오르는 장면이다. 그때 그랬으면 아버지도 나중에 좋아하셨을 텐데…….

지금도 가끔 연구소 동기들을 만난다. 그들을 보며 20대를 추억한다. 지나간 시간은 다 좋은 추억이 된다고 했던가? 나에게 20대-30대 초반 대부분의 시간을 보낸 그곳. 동기들을 보며 '계속 다녔으면 어떻게 되었을까?' 상상을 하곤 한다. 그들은 각자 박사 학위를 하고 각 분야의 책임자들이 되었다. 연구소에 계속 있었으면 14시간의 캄캄한 독서실에서 그 고생을 하지 않을 수 있었으며, 쇼핑몰을 하면서 많은 험한 일들을 안 당했을 텐데……. 경제적으로 안정된 삶, 아이들의 커가는 모습을 보는 행복, 가족들과의 여행 등 평범한 일상의 행복을 즐기며 살 수 있었는데…….

그런데 왜 전혀 부럽지가 않을까? 깨지고 터져서 쓰러지더라도 나에게 맞는 옷을 입고 싶었다. 시간이 갈수록 맞지 않는 옷은 나를 질식시켰다. 내 선택은 살기 위한 본능이었다. 그래서 그 선택을 후회하지 않는다.

30대의 나에게 꼭 해주고 싶은 말이 있다

"고생했다. 네가 불쌍하다. 잘 참았어, 그리고 잘 그만두었어."

"너는 최선을 다했다. 30대 시간은 결코 의미 없는 시간이 아니야, 그 덕분에 지금의 내가 있으니까."

쇼핑몰을 시작하고 키워나가며 가슴이 뛰었다. 아내와 신상을
사서 사무실에서 첫 촬영을 했다. 지윤이 찍어주려고 산 디지털카
메라로 촬영했다. 아무리 여러 번 찍어도 모니터에 띄워놓은 사진
과는 너무 차이가 난다.

"은영아 아무래도 처남한테 조명을 빌려야 할 것 같아?"

사진작가인 처남의 스튜디오에 가서 조명을 빌렸다.

"매제 일반 카메라로 찍으면 그런 사진이 안 나와?, 전문가용으
로 찍어야 해."

처남이 걱정스러운 표정으로 한마디 한다.

"그럼 전문가용은 얼마나 하나요?"

"어 한 150만 원 정도 하지?"

"예~~, 그냥 저희 걸로 한번 해 볼게요."

머리를 가로젓는 처남을 뒤로하고 조명을 사무실로 가지고 왔
다. 한여름 사무실 셔터를 내리고 조명을 켰다. 온몸은 땀으로 뒤
범벅이다. 예쁘게 신상 모양을 잡았다. 각각의 끝은 핀으로 고정
시켰다. 드디어 셔터를 눌렀다. 한참의 시간이 지난 뒤 '찰칵'하는
소리가 났다. 환호를 질렀다. 그날 땀으로 샤워를 하면서 겨우 세
벌 촬영했다. 그래도 처음 찍은 제품 사진은 그럴듯했다.

삶의 생동감을 느꼈다. 더구나 아내와 함께하니 좋았다. 이렇게

재미있는 일을 하면서도 돈을 벌 수가 있구나. 이런 살아 있는 느낌은 처음이다. 너무나 생생하다. 전에는 삶이 뿌옜는데…….

한번 맛 본 '살아있는 맛'은 자식 같은 쇼핑몰이 한순간 무너져도 나를 지탱하게 해주었다. 아무리 힘들어도 '그 맛'을 잊을 수 없었다. 지금 생각해도 그때 내가 자랑스럽고 잘 이겨냈다. 다시 그때로 돌아간다고 해도 그렇게 다시 일어날 수 있다고 자신할 수 없다.

"수고했고 자랑스럽다, 그 누구도 너처럼 잘하기 힘들었을 거야 자랑스러워!"

그 시간의 나에게 꼭 해주고 싶은 말이다.

나이가 먹을수록 지나온 실패의 시간들이 소중하다. '실패는 성공의 어머니'식 의미가 아니다. 나 자신을 알고 사랑하게 되면서, 자연스레 힘들던 과거에 살았던 '나에게 연민이 생기고 불쌍해졌다. 그리고 사랑하고 소중해진다.' 10년 후에 지금의 나는 또 어떻게 기억될까? 적어도 하나 확실한 것은 있다. '내 자신을 계속 사랑할 것이다.'

지금은 어떤가? 현재의 나를 사랑한다. 미래의 나를 위해 현재를 희생하지 않는다. 과거, 현재, 미래의 나가 하나가 되는 현재에 충실하려 한다. 조그만 팔을 뻗으면 닿을 수 있는 지금의 나부터 사랑하자. 파랑새를 쫓으며 30년을 살아온 자의 소박한 결론이다.

제5장

벼랑 끝에 서 있어도
잊지 말아야 할 것들

1

두려움을 이용하라

두려움은 대하는 사람들의 반응은 두 가지다. 똑바로 쳐다보거나, 회피하는 것이다. 두려움을 회피하면서 30년을 넘게 살았다. 그리고 그 대가를 톡톡히 치렀다. 지금은 피하지 않는다. 아니 두려움을 이용한다. 왜냐면 두려움은 똑바로 쳐다보는 것만도 반으로 줄어든다. 그리고 항상 기회와 같이 오는 것을 알기 때문이다.

나의 첫 번째 잘못 끼운 아버지와의 진로상담.

"문과를 가면 취직이 잘된다는데?"

아버지의 이 한마디에 왜 나는

"아버지 내가 하고 싶어 하는 법대나 경영대를 가고 싶어요, 제가 좋아하는 것을 하면 최선을 다할 수 있을 것 같아요?"

라고 대답을 못했을까? 두려움에 맞서지 못하고 도망간 첫 번째 경험이다. 회피의 대가는 혹독했다. 원하는 삶의 궤도에 다시 올라오기까지 20년이 넘는 시간이 걸렸다.

대학 4학년 초 두려움을 회피하는 두 번째 일이 시작되었다. 대학원과 취업 중 하나를 결정해야 했다. 복학한 2학년 때부터 대학원을 염두에 두고 공부를 했다. 그렇게 싫어하는 화학을 대학원까지 갈 생각으로 한다는 것은 아이러니했다. 새로운 것에 대한 두려움이 아무리 맞지 않아도 익숙한 것을 선택하게 하는 삶의 모순을 만들었다. 그렇게 4학년까지 왔다. 맞지 않는 공부를 참고 하여 임계 치에 다다르고 있었다. 또 편하고 익숙한 것을 선택할 것인가, 불확실하고 두렵지만 내가 원하는 삶을 선택할 것인가? 고민은 깊어져 갔다. 이때 처음 나와 대화를 했다. 며칠을 고민하다 결국 정해진 대학원을 선택했다. 앞에 놓은 두려움을 응시만 했어도 다른 결정을 내렸을 것이다. 그러나 두려움을 쳐다볼 용기가 없었다. 고등학교 때 잘못 끼워진 단추를 바꿀 기회를 또 한 번 놓쳤다. 그 대가는 10년간의 원치 않는 삶을 사는 것이었다. 그 대가는 혹독했다. 10년의 시간은 잃어버린 시간이 되었다.

내가 두려움을 응시하게 된 계기는 어쩔 수 없는 극단적인 상황이었다. 모든 사람이 나와 같은 축복을 받을 필요는 없을 것 같다.

이것이 이 글을 쓰는 가장 큰 이유다. 처음으로 두려움과 맞섰던 것은 7년간 다니던 직장을 그만두는 결정을 한 것이다. 두려움을 응시할 수 있는 용기가 생긴 것보다는 더 이상 연구소 생활을 할 수 없을 정도로 질식되고 있었다. 생존본능이 발동했다.

"은영아 나 연구소 그만두려고?"

아내가 놀란 눈으로 쳐다본다.

"왜 힘들어?"

"어! 내가 하고 싶은 하려고?"

"그래 그럼. 당신이 고민 많이 했을 거니까?"

나중에 아내에게 왜 이때 그렇게 선선히 내 말을 따라 주었냐고 물어보았다.

"어 당신같이 우유부단하고 고지식한 사람이 그런 결정을 내렸다면, 정말 힘들거나, 하고 싶은 것이 있거나?"

"그런데 당신 같은 사람이 하고 싶은 일이 있어서 그만두지는 않을 것 같아? 너무 힘든 거겠지."

직장을 그만두고 변리사 공부 2년을 했다. 낙방. 두려움과 맞선 첫 번째 선택이었다.

갑작스러운 세무조사로 인한 쇼핑몰의 몰락은 두려움과 맞서 이겨낸 축복 같은 일이었다. 갑작스럽게 닥친 불행은 두려움 그 자체였다. 온몸의 신경이 곤두섰다 빠지면서 죽어갔다. '손가락 하나 까딱할 힘이 없을 정도'로 피폐하게 했다. 한순간 쇼핑몰이 사라질 수 있는 상황, 해결할 사람은 나밖에 없었다. 이 극단의 책임감은 부들부들 떨면서 두려움을 응시하게 했다. 그리고 생각을 했다. '지면 안 된다, 지면 안 된다. 지금 맞서 싸울 무기는 무엇이 있을까?' 아무리 고민을 해도 가지고 있는 것이 없었다. 그때 '두려움에 떨고 있는 내가 보였다.' 툭 자신에게 한마디가 나온다. '김홍선, 괜찮아 다 잘 될 거야, 그만 떨어.' 그런데 이상하다. '그런 나를 받아들이니' 가쁘게 쉬던 숨이 조금은 편안해진다. 떨리던 손, 일어서려고 아무리 두드려도 움직이지 않던 다리에 피가 돈다. 조금씩 두려움을 응시한다. 그리고 점차 두려움이라는 괴물은 그 거대한 크기가 작아지며 '해결해야 할 하나의 사실'로 바뀌고 있었다.

'해결해야 할 사실'로 바뀐 두려움을 없애기 위해 움직였다. 세무조사 다음날 세무서에 전화를 했다.

"저희 어떻게 살길이 없을까요?"

"네 그렇지 않아도 오늘 회의를 했어요. 어떻게 하면 두 분을 도와줄 수 있을지."

그 괴물은 서서히 사라져 갔다. 그렇게 두려움을 넘어섰다.

두려움의 괴물은 기회라는 천사와 같이 온다. 2021년 01월 코로나로 정상적인 운영을 하지 못한 지 일 년이 다 되어간다. 자영업자들의 신음소리가 높아지고 있는 중에 어린이집도 예외는 아니다. 휴원이 길어지면서 퇴소하는 원아가 많아졌다. 오랜만에 느끼는 두려움이다. 설상가상 신학기 원아모집도 많이 되지 않았다. 당장 퇴소하는 원아부터 막아야 했다. '어떻게 하지?' 생각이 많아진다. '그래 당장 할 수 있는 일부터 하자. 내가 코로나를 어떻게 할 수 있을게 아니잖아?'

"걱정만 하지 말고 당장 할 수 있는 일을 하자고?"

"저번에 집에 있는 아이들 교재 꾸러미는 계속 나갔잖아?"

"내 이번 달도 나갈 거예요."

"반응이 어때요?"

"엄마들이 좋아해요 집에서 할 수 있는 것이 생겼으니까?"

"그리고 내가 요즘 줌 프로그램을 이용해 온라인 강의 많이 듣고 있는데 괜찮더라고, 우리도 한번 응용해 보는 것이 어떨까?"

"영어 선생님이 하루에 몇 분이라도 줌으로 강의하는 거야, 그전에 담임 선생님은 아이들과 안부도 묻고. 중요한 것은 연결이거든."

회의를 하던 선생님들의 얼굴이 굳어진다. 새로운 것에 대한 두려움이 가득하다.

다음날부터 준비를 했다. 줌을 설치하고 영어 선생님이 어린이집에 와서 테스트를 시작하였다. 그런데 인터넷 속도가 문제였다.

강의하기에는 너무 느렸다. 통신사에 연락해서 고속 모뎀을 설치하며 속도감 있게 진행했다. 일주일간의 우여곡절 끝에 드디어 온라인 줌으로 영어수업을 시작했다. 처음이라 어색하고 실수를 연발했다. 그래도 줌에 들어온 아이들의 얼굴에는 반가움이 가득하다. 교실에 있는 선생님, 친구들과 인사를 한다.

"안녕 민수야 그동안 잘 있었어?"

담임 선생님의 안부에 민수는 흥분한다.

"예 잘 있었어요."

"민수야 잘 있었어? 반가워."

교실에 있는 친구들이 안부를 묻는다.

"그래 안녕~~~"

민수는 이제 앉아있지 못한다. 줌 수업은 집에 있는 아이들에게 원에 나오고 싶은 욕구에 불을 질렀다. 그 이후 퇴소하는 원아가 많이 줄었다.

"대표님 학기 중에도 한 번씩은 부모님에게 줌으로 아이들 활동하는 모습을 보여주어도 좋을 것 같아요?"

"오늘 아이와 엄마들의 반응이 너무 좋아요?"

영어 선생님이 흥분한 아이들의 반응을 보고 얼굴에 홍조를 띠고 있다.

"그래요 아이들 원에 보내고 엄마들도 궁금할 텐데 좋은 생각이네요?"

뜻하지 않게 어린이집 운영에 원군 하나를 얻었다.

두려움의 괴물은 기회라는 천사와 같이 온다고 한다. 단지 천사를 보느냐, 괴물을 보느냐는 바라보는 사람의 몫이다. 어금니 꽉 깨물고 두려움을 이용해 보자. 처음이 힘들지 두 번째부터는 생각보다 힘들지 않다.

2

자신을 신뢰하라

'자신을 신뢰하라' 이것만큼 어려운 것은 없는 것 같다. 자신을 신뢰하기까지 오랜 시간이 걸렸다. 나를 불쌍히 여기고 사랑하다 보니 자연히 신뢰하게 되었다. 이 과정에서 불편한 진실을 직시할 수 있는 용기가 필요했다. 자기 합리화를 위한 연민이 아니다. 자신과 대화를 하면서 나 자신 외롭고 불쌍한 모습을 보았다. 불쌍했다. 그래서 사랑하기 시작했다. 그것이 신뢰를 향한 첫걸음이었다. 이제는 미래의 근사한 나보다 현재의 나를 더 사랑한다. 이렇게 되기까지 오랜 세월이 걸렸다.

어릴 때부터 결정 장애라는 콤플렉스가 있었다. 결정을 할 상황에서 망설이다 나중에 어쩔 수 없이 결정을 한다. 그리고 즉시 후회를 한다. 하나를 선택하면 다른 하나는 포기해야 하는데 그게 잘 되지 않았다. 결정을 하고 나면 '내가 한 결정은 왜 항상 후회가 될까?' 자신을 신뢰하지 못하는 생각이 무의식에 깊숙이 자리 잡았다. 고등학교 때 이문과를 결정할 때나 대학 전공을 선택하는 중요한 순간 나는 없었다. 이런 자신을 못 믿는 마음은 더욱 결정하는 것을 움츠러들게 하였다.

신혼 초 주말 저녁 아내와 홈쇼핑을 보고 있었다. 살 것이 많았다.

"홈쇼핑에서 우리가 필요한 물건 살게 많이 방송하고 있어."

"무엇인데?"

"응, 책상과 의자도 필요하고, 주방용품도 필요해. 결혼을 갑자기 해서 필요한 것이 많아."

"지금 방송하는 저 책상 가격도 적당하고 좋은데 어때?"

"응 좋아 보이는데, 다른 것은 없니? 생각 좀 해보자."

잠시 후 마감된다.

"결정 좀 해. 이게 벌써 몇 번째야?"

이번 주에 벌써 여러 번의 상품을 보고 골랐지만 결정하지 못했다.

"아 조금 전 거 좋았는데 내가 쓸 것도 아니니 혼자 고를 수도 없고."

아내가 퉁명스럽게 얘기를 한다.

"아니 그럼 네가 골라 나 아무 소리 안 할게?"

결국 책상은 아내가 골랐다. 자연스럽게 집안의 결정은 아내가 주로 하고 나는 결정 과정에서 분석하고 조언을 해주게 되었다. 문제는 이것이 집안의 소소한 결정에 한정되지 않았다.

변화의 계기가 왔다. 오전 11시. 동네의 독서실은 텅 비어있고 내 자리만 불이 켜져 있다. 변리사 공부를 시작한 지 2년이 지났다. 오늘 시험 발표 낙방을 했다. 2년 동안 저축한 돈과 퇴직금으로 근근이 버텼다. 첫딸 지윤이도 이제 세살. 막다른 골목에 다다랐다. 결정을 해야 한다. 일 년 더 할 것인가? 이쯤에서 그만두고 살길을 찾아야 할 건가?

이때 나도 모르게 자신에게 말을 건넸다.

'김홍선 어떻게 할까?', '뭘 걱정해, 변리사가 진정 원하는 것이면 더 하고, 화학이 싫어서 도망친 것이면 이제 그만둬. 할 만큼 했잖아?' 정곡을 찌른다. '그렇지 둘 중 하나를 선택해야 한다.', '너는 이미 답을 알고 있잖아.'

자신은 속일 수 없었다. 결정 내리는데 그리 오랜 시간이 걸리지 않았다.

"은영아 변리사시험 이제 그만둘게, 합격할 자신이 없다."

"그래도 그동안 공부한 것이 아깝잖아, 일 년만 더하자. 응?"

변리사 시험을 그만두고 아내가 시작한 쇼핑몰에 합류했다. 자신과 대화에서 외면하고 싶은 불편한 진실과 마주하였다. 이 경험은 이후 삶을 사는데 든든한 버팀목이 되었다.

오후 4시 배송실이 가장 바쁠 때다. 송장을 뽑는 소리가 기분 좋게 들린다. 송장의 수에 따라 그날의 매출을 직감할 수 있다. 모니터를 보고 배송할 제품을 체크하고 있는데 뒤에서 낯선 음성이 들린다.

"사장님이 누구신가요?"

왠지 서늘한 느낌이 든다.

"네 전대요, 누구시죠?"

뒤에서 낯선 사람들이 십여 명 서있다.

"세무 조사 나왔습니다, 협조 바랍니다."

말이 끝나기 무섭게 십여 명의 사람이 능숙한 손놀림으로 컴퓨터 본체와 책상 위에 있는 서류를 챙긴다. 아무 생각이 없다. '무슨 일이지?', '어떻게 해야 하지?', '내가 무얼 잘못했다고?' 눈앞에 펼쳐지는 영화의 한 장면을 넋 놓고 보고 있다. 주위의 소음은 사라지고 멘탈은 산산조각 났다. 한참 후 온몸이 떨리기 시작한다. 얼마나 시간이 흘렀을까? 어디서 말소리가 들린다. '김홍선 괜찮아! 정신 차려 그만 떨어. 수습할 사람은 너 밖에 없어, 방법은 반드시 있을 거야 찾아봐.' 이 한마디에 정신이 돌아왔다. 그리고 현실을 바라보았다. '정말 있을까? 수습할 사람이 나밖에 없다는 말은 사실인데.' 나와 대화를 하면서 조금씩 숨이 잦아든다. 그리고 공무원들의 말소리가 들린다.

"담당 세무사를 데려오세요."

움직이지 않는 다리를 한참을 두드렸다. 그리고 겨우 일어나 움직였다. '방법은 있을 거야' 되뇌며.

하루 밤을 꼬박 새우며 방법을 생각했다. 결국 '자신을 믿는 것' 밖에 없었다. 그리고 나니 모든 것을 절대 긍정 할 수 있었다. '하늘이 나를 얼마나 크게 쓰시려고 이런 시련을 주시나? 감사합니다.' 다음날 내가 할 수 있는 일부터 시작했다. 세무서에 전화를 했다.

"김홍선입니다. 저희 살 수 있는 방법이 있을까요?"

2020년 12월 코로나로 인해 긴급 보육만 할 수 있었다. 지입차량 운행을 중단하였다. 오늘 나온 인원은 정원은 132명 중 25명이다.

"대표님 차량을 운행 안 하니까 엄마들의 불만이 많아요. 오늘도 여러 통의 전화를 받았어요."

"나오는 인원이 얼마 되지 않는데 차량을 운행할 수가 없잖아."

"나오고 싶어도 차량이 안 되어 못 나오는 인원도 많아요. 차량을 안 하면 퇴소가 많을 것 같아요."

이 한마디가 목에 탁 걸린다. 그렇지 않아도 힘든데……

"내일부터 스타렉스 12인승으로 운행합시다."

그렇게 시작된 차량 운행은 점점 늘어서 40여 명 되었다. 오전, 오후 6코스 3시간씩 운행한다.

운행표를 받아 들고 걱정이 앞섰다. 혼자 감당하기에 코스가 너무 많다. 제시간에 도착할 수 있을까?

"대표님 혼자 할 수 있을까요? 너무 무리 같아요. 25인승 한 대 더 써요?"

"나도 그러고 싶은데 운영이 너무 어려워서 한번 할 수 있는 데까지 해볼게."

"마음 힘든 것보다 몸 힘들게 나아."

다들 염려의 눈으로 쳐다본다. 첫 운행을 시작했다. 집중이 되지 않는다. '지금 늦으면 다음 코스가 늦을 텐데' 걱정이 앞선다. 마음은 벌써 두세 번째 코스에 가 있다. 운행 내내 마음이 조급하다. 조금만 막히면 빨리 갈려고 다른 길로 우회하기 일쑤다. 그러니 오히려 더 늦어지는 경우가 많다. 이런 무리한 운행을 한지 한 달이 넘어간다. 지금은 익숙히 운행한다. 이게 어떻게 가능할까?

지금은 운행하는 코스만 집중한다. 다음 코스 늦을 것을 마음 쓰지 않는다. 차량이 막혀도 다른 길로 가지 않는다. 늦어도 당황하지 않고 현재에 집중한다. 그런데 처음보다 더 정확히 운행을 한다. 왜 이럴까? 운행표대로 운전해도 늦지 않는다는 경험에서 나온 확신 때문이다. 늦어도 조급해하지 않는다. 다만 현재에 집중할 뿐이다. 조급해봐야 소용이 없다는 것을 안다. 경험에 의한 자기 확신, 신뢰는 미래의 걱정보다 현재에 집중하게 한다.

자기를 신뢰하기 까지 오랜 시간이 걸렸다. 지금은 잘못된 선택을 해도 후회를 하지 않는다. 자신을 사랑하고, 신뢰하면서 잘못된 선택을 한 자신을 품을 수 있는 여유가 생겼다. 자신과 대화를 했으면 한다. 자기를 믿고 사랑할 수 있었던 것도 자신과 대화를 시작하고 부터다.

요즘 홈쇼핑에서 쇼핑을 하면 너무 빨리 결정을 한다. 자기 확신은 가끔 이런 부작용도 있다.

3

도망치지 마라

자신의 인생에서 도망치지 않았으면 한다. 도망친 시간은 주변인의 삶을 살게 했다. 내 인생의 황금기인 20대-30대 초반은 도망친 시간이었다. 이 시간 주옥같은 보석은 인생과 일에서 실패와 시련을 겪으며 성장하는 경험이다. 이 소중한 보석을 주머니에 넣지 못했다. 그래서 30대에 시작한 쇼핑몰은 처음부터 실패와 시련의 경험을 쌓아야만 했다. 대학교에 입학했다. 내가 원하는 전공을 선택하지 못했다. 대학생활, 대학원, 연구소 등 15년의 인생은 도망친 시간이었다. 이 시간에 어떤 생각을 하면서 살았을까?

2학년 복학한 봄 주말 저녁 우연히 한 학번 선배와 우연히 술자리를 같이 하였다.

"홍선아 올해 복학했지? 그래 진로는 정했니?"

"글쎄요, 생각은 많은데 대학원도 생각하고 있어요. 형은요?"

"나는 유기화학을 생각해. 유학 가려고."

이 형은 삼수를 해서 일학년을 마치고 군대를 다녀왔다. 2학년 복학 있으니까 27살이다.

"학위 다 마치면 형 거의 40살이에요?"

"그럼 어떠냐? 내가 하고 싶은 일 하는데 나이는 신경 안 쓴다?"

"그렇게 공부한다고 교수가 된다는 보장도 없잖아요?"

"그야 물론 그렇지, 그런데 나는 내 자신을 믿어 꼭 교수가 안 돼도 내가 원하는 것을 하잖아?"

"형 그럼 미래에 대한 불안함은 없어요?"

"왜 없겠냐. 단지 피하지 않고 내가 원하는 것을 하는데 집중해?"

내가 원하는 것을 무엇일까? 막연히 고등학교 때 꿈꾸었던 법대나 경영대가 적성에 맞을까? 원하는 전공을 선택하지 못한 나는 미래에 대한 막연한 불안감으로 하루하루를 살았다.

그 불안감을 해소시키는 유일한 방법은 매일 도서관을 새벽같이 가서 끝날 때까지 공부하는 일상의 반복이었다. 선배처럼 자신의 확고한 미래 청사진 없이 그냥 하루하루 시간을 소비하고 있었다. 공부를 하고 있지만 의식은 항상 내가 원하는 것에 가 있었다. 당연 현재에 집중하는 시간이 적었다. 지금 생각해도 너무 아쉬운 시간들이다. 학과 동기들과의 저녁 술자리에서

"홍선아 너는 하루 종일 놀지도 않고 공부만 하는데 성적 나오는 거보면 참 딱하다?"

"무슨 생각을 하는 거야?"

"나도 답답하다. 취업을 위해 열심히 하고는 있지만 나하고는 너무 안 맞는다. 그러니 생각은 딴 데가 있는 것 같아."

"화학이 얼마나 어렵냐. 우리 과에 너같이 생각하는 애들 많아."

"너도 도망가지 말고 그럼 네가 원하는 것을 찾아봐?"

"현식 이는 변리사 공부한다고 하고. 상근이는 환경기사 자격증 준비하던데, 그렇게 준비 없이 계속 도망가다가 갈 데 없으면 대학원 간다."

"그러게 네 말이 맞다. 나도 찾아보아야 하는데."

친구의 말은 폐부에 아프게 꽂힌다. 대학시절 미래에 대한 불안감은 관성적으로 하루 종일 도서관에서 원하지도 않는 공부를 하게 했다. 도피처였다. 방황을 하더라도 자신의 인생을 결정할 진지한 고민을 하지 못했다. 그냥 도망 다녔다. 그러니 인생의 경험을 쌓을 수 없었다.

직장을 그만두고 변리사 공부를 시작하였다. 내 인생의 진정한

시작은 직장을 그만둔 때부터다. 내 삶을 처음으로 선택했다. 2년 간의 결과는 낙방이었다. 첫딸을 낳은 지 얼마 되지 않은 시기에 직장을 그만두어서, 저축해 놓은 돈과 퇴직금으로 근근이 살았다. 시험의 낙방은 나에게 또 다른 선택을 할 수밖에 없었다. 그런데 참 이상하다. 내가 선택한 지난 2년간의 삶은 놀라웠다. 아침에 도서관을 향하면서 느끼는 아침의 싱그러운 공기, 봄날의 꽃향기 와 햇살, 가을의 눈부신 단풍 등 세상을 느끼는 감각이 깨어났다. 봄과 가을날의 햇살과 공기의 맛이 달랐다. 의식이 현재에 있으니 모든 것이 새롭게 느껴진다. '삶의 주인공으로 사는 것이 이렇게 다르구나.' 변리사 공부 2년 만에 아쉬움 없이 그만둔 것도 도망 다니지 않은 결정이었다. 내가 선택을 했으니 그 결과에 대한 책임 도 당연히 내 자신이 진다. 너무나 당연한 사실은 기존과 다른 생 각과 행동을 하게 했다.

점차 세상에 맞서는 힘이 커지고 있었다. 도망치지 않고 선택한 삶은 '사는 맛'을 느끼게 했다. 쇼핑몰을 시작하고 많은 어려움을 겪었다. 연구소에서 실험만 하던 사람이 사업이라는 것을 한다는 것은 사고방식 자체가 다른 일이었다. 실수와 실패, 동업의 사기 등으로 금전적으로 큰 손실을 보는 어려움을 겪었다. 도망치지 않 는 삶에서 실패와 시련의 경험은 고스란히 쌓여 쇼핑몰을 키우는 자양분이 되었다. '아! 실패와 실수의 경험이 이렇게 소중한 것이

구나'라고 뼈저리게 느꼈다. 그런데 이 자양분이 도망 다니는 인생에서는 말 그대로 실패와 실수일 뿐이었다.

어린이집을 운영하는 지금은 어려움이 닥쳐도 '너는 충분히 할 수 있어' 긍정의 마인드로 도망치지 않고 마주 본다. 그리고 결과를 고스란히 받아들인다. 성공하면 기쁨과 자신감을, 실패하면 실패에서 소중한 경험의 보석들을 주워 담으며 성장을 한다. 이 모든 것이 가능한 것은 도망치지 않고 맞서서 생긴 보석 같은 경험 덕분이다. 이 경험은 점점 자신을 신뢰하게 된다. 그러면서 실패와 시련을 담담히 받아들일 수 있는 마음의 여유가 생겼다.

지금도 치유되지 않는 지병이 있다. 시간에 대한 강박이다. 진정한 나의 인생은 30대 후반 직장을 그만두고부터라고 생각한다. 그 이전의 시간, 주변인으로 살았던 삶은 잃어버린 시간이었다. 삶에 대한 열정, 실패와 시련에 대한 쓰디쓴 경험, 미래에 대한 치열한 고민을 하면서 겪는 소중한 경험을 얻지 못했기 때문이다. 그 시간에 대한 상실감은 지금도 계속되고 있다. 조금만 시간을 낭비하여도 강박이 생긴다. 잘 나가던 쇼핑몰을 더 빨리 키워보겠다고 무리수를 두어 어려움을 겪기도 했다.

인생의 가장 불타올라야 할 시기, 삶의 주변만을 맴돌았던 시간이 너무나 뼈저리다. 한잔 술을 마실 때면 가슴 한편이 허전하다. 청춘에 못 채운 빈 공간 때문이다. 하지만 이런 나를 바라볼 수 있어 다행이다. 지난 시간에 대한 상실감은 현재를 더 열심히 살아가게 한다. 그래도 잃어버린 시간에 대한 회한은 완전히 사라지지 않는다. 그래서 이 글을 쓰는 이유다. 나 같은 삶을 살지 않았으면 한다. 도망치지 마라 절대. 삶에서 잃어버린 시간이 된다.

4

그냥 닥치는 대로 해라

대학원을 들어가 첫 실험을 하고 있었다. 실험은 대개 영하 25도씨 이하에서 극소량으로 한다. 평소에 그리 섬세하지 못했다. 진공의 플라스크 안에 마이크로 주사기로 시약을 넣는다. 워낙 양이 적어 한 방울만 더 들어가도 실험은 다시 해야 한다. 손이 떨리고 이마에 땀이 맺힌다. 무사히 시료를 넣고 반응을 살핀다. 실험 중간에 진행사항을 반응 액을 소량 뽑아서 측정을 한다. 등 뒤에서 지도교수의 목소리가 들린다.

"반응은 어떠니?"

"예 잘 가고 있습니다."

지도교수의 얼굴이 갑자기 굳어진다.

"잘 가고 있다고? 얼마나 가고 있는지 수치로 얘기해야지 인마.

몇 퍼센트나 진행됐어?"

실험을 하면 실험노트에 반응과정을 적는다. 반응시간과 진행 상황은 모두 수치화해야 한다. 익숙하지가 않다. '몇 퍼센트가 진행됐다고 얘기해야 하나?' 한참을 대답하지 못하고 있다.

"아니 실험을 하는 놈이 반응이 몇 퍼센트 진행됐는지도 모르냐? TLC 가져와 봐."

모든 것을 수치화하고 객관적으로 표현해야 하는 과학적 사고가 필요했다. 문과적 기질인 나는 익숙해질 때까지 많은 노력이 필요했다. 이런 생활을 10년간 계속했다. 과학적 사고를 위한 노력은 나에게는 사고를 더 경직되게 했다. 행동보다 생각을 더 많이 하고, 내가 정한 기준에 맞추어 세상을 재단했다. 어디 세상일이 그런가? 아내와 매일 싸운 이유다. 미술을 전공한 아내는 무척 직감적이었다.

직장을 그만두고 변리사 공부를 무작정 시도하였다. 생각 많은 내가 공부를 하는 동안 경제적 비용, 떨어졌을 때의 대책 등을 뒤로하고 7년간의 직장생활을 그만두었다. 있을 수 없는 일이었다. 그때 나이 서른세 살. 처음으로 원하는 것을 무작정 시도하였다. 하지만 그 결과는 좋지 않았다. 몇 년간 노력은 수포로 돌아갔다. 그런데 변리사시험을 포기하면서 처음으로 느꼈다. '아! 실패라는 시간이 결코 무의미한 시간은 아니구나.' 이 무모한 도전 경험은 아내와 전혀 경험 없는 쇼핑몰을 시도할 수 있는 용기를 주었다.

2년 동안 시험을 준비하면서 편한 잠을 잔적이 없었다. 첫 딸도 태어났는데 '빨리 합격해야 한다. 떨어지면 어떻게 하지?' 이런 고민들은 자신과의 대화를 하게 했다. 그러면서 자신을 조금씩 알게 되었다. 소심한 줄 알았던 내가 의외로 대담한 면이 있었다. 자신을 안다는 것은 새로운 일을 시작할 때 '과연 이 일이 나와 맞을까?'에서 시작하는 걱정들을 많이 줄여주었다. 실행력이 높아졌다. 망설임 없이 아내와 쇼핑몰을 시작했다. 2년간의 변리사 공부로 남아있는 돈이 거의 없었다. 한두 번 신상을 할 돈 정도. 그런데 이상하게 걱정이 되지 않았다. 자기 확신인지 무모한 것인지는 모르겠지만, 무작정 직장을 그만두고 한 변리사 공부의 경험은 두번째 도전인 쇼핑몰을 시작하는데 많은 도움이 되었다. 내가 좋아하는 일에 대한 확신이 생겼다.

아내와 무작정 시도한 인터넷 쇼핑몰은 아동복부터 시작했다. 경산에 위치한 아동복 수입상을 알아냈다. 그 당시 공중전화에 있는 전화번호 책에서 시내 아동복을 파는 가게 수백 개의 전화번호를 알아내었다. 그리고 일일이 전화를 하여 수업 아동복을 살 의향을 묻고 제품 사진을 보냈다. 선주문을 받아 새벽같이 경산을 내려가서 수백만 원어치의 물건을 해 왔다.

저녁 열 시. 도착한 가게 앞에 수십 명의 사람들이 기다리고 있다. 전화로만 통화했기에 처음 보는 얼굴들이다. 주문한 물건을 가게에 풀어놓으니 순식간에 없어진다. 시장조사를 통해 훨씬 저렴한 가격에 판매를 한 것이다. 그 자리에서 입금을 받았다. 경산 수입상에게 물건 값을 지불하고 남은 돈은 6개월 치 운영비가 되었다. '아 일단 해보니까 되는구나.' 자신을 막다른 골목으로 몰아넣으니 초능력이 발휘되었다. 그렇게 쇼핑몰을 시작했다. 처음이 어려웠지만 새로운 일에 대한 두려움은 많이 사라졌다. 이렇게 시작된 쇼핑몰은 여성의류로 판매상품을 바꿨다. 여기서도 많은 어려움이 있었다. '같은 옷인데 뭐 차이가 많이 있으려고.' 하고 했는데 완전히 다른 분야였다. 찾아다니면서 배웠다. 경험이 절실했기에 겁도 없이 동업을 했다. 1년 만에 수천만 원의 손해를 보고 끝났지만 많은 것을 배울 수 있는 소중한 기회였다. 그 과정에서 힘든 밤을 수없이 지새웠지만 실패에서 소중한 경험을 쌓으면서 성장했다. 생각만 하고 부딪치지 않았으면 배운 것은 없었을 것이다.

쇼핑몰은 한참 잘될 때 직원이 30명 정도였으며 매출도 상당했다. 믿어지지 않은 성장이었다. 그리고 매출 하락과 세무조사로 인해 잘 나가던 쇼핑몰을 그만두었다. 맨손으로 시작해서 나름 정점을 찍었고 완벽히 망해 보았다. 한 사이클 사업의 모든 면을 진하게 경험하였다. 그런데 이것만큼 소중한 자산은 없었다. 다시 일어나 어린이집을 운영하는 것도 이때의 경험이 없었으면 불가능했을 것이다.

인천의 100명 정도의 어린이집을 계약하는 날이다. 좋은 분위기에서 계약을 끝냈다.

"두 분은 어린이집 경험이 있으세요?"

"네 사실은 전혀 없어요. 지인에게 가서 이틀 정도 설명들은 것밖에는."

"아 네. 그러세요. 그럼 월급 원장을 두어야겠네요?"

"네 좋은 원장을 만나야 될 텐데, 저희가 배워야 해서요."

"그러게요. 대표가 원장 자격이 없으면 선생님들이 은근히 무시해요."

"네, 저희가 경험이 없으니 할 수 없죠."

대수롭지 않게 얘기하는 우리를 전 어린이집 주인 내외는 걱정스러운 눈길로 쳐다본다. 지인을 통해 원장을 소개받았다. 그리고 기존 선생님들과 같이 어린이집 운영을 시작하였다.

첫 출근 날. 만감이 교차한다. 쇼핑몰을 운영한 것이 엊그제 같은데 그리고 세무조사로 문을 닫은 생각은……

저녁 첫 회식 자리다. 선생님들과 인사를 하였다.

"어린이집 운영 경험은 없습니다. 여기 원장이랑 잘 운영해 보겠습니다."

쇼핑몰 사업을 오래 하면서 별의별 직원들을 다 겪어보았다. 이제는 선생님들 얼굴만 보아도 무슨 생각을 하는지 대충 분위기 파악이 된다. 아내는 가볍게 술잔을 돌리며 대화를 한다. 그런 모습을 보며 긍정 의 시각으로 생각한다. '현재 내가 가진 것은 무엇이지?' 그리고 '경력자의 운영과 비교해서 내 장점은 무엇이지?' 쇼핑몰이나 어린이집 운영의 본질은 사람의 마음을 얻는 것이라 생각했다. 본질에서 보면 매일 고객을 상대해온 나와 원장 경력의 대표와 별반 차이가 없었다. 매일 까다로운 여성들을 상대로 여성의류를 팔아왔다. 하루에도 수십 통의 진상고객을 상대했다 그런 점에서 선생님과 부모님을 상대해야 하는 어린이집은 훨씬 쉬웠다.

"선생님들, 상대하기 버거운 부모님은 우리한테 넘기고 애들한 테 더 신경 쓰세요."

회식자리에서 말한 선생님들이 가장 힘들어하는 것이었다. 바로 해결해 주었다. 교사들이 눈빛이 흔들린다. 오랜 경력자는 모든 것을 지시할 수 있으나 우리는 그렇지 못한다. 그래서 선생님들에게 자율권을 주고 운영에 참여를 시켜 주인의식을 들게 했다. 매일 교실을 돌면서 선생님들에게 딱 한마디만 한다.

"선생님 뭐 도와줄 것 없어요?"

그 결과는 어떻게 되었을까? 한 달 만에 운영은 자리를 잡았다.

선생님들은 스스로 움직였다. 그리고 매일 소통하고 지원하는 업무에만 집중하였다. 매일 부모님들을 상대하니 원하는 바가 무엇인지 알 수 있었다. 1년이 지나지 않아 어린이집이 더 좋아졌다는 평판을 들을 수 있었다.

닥치는 대로 해 보아라. 그렇다고 무모한 도전을 말하는 것이 아니다. 계획만 하고 실행을 하지 않는 원인은 실패에 대한 두려움 때문이다. 이 두려움으로 20년을 도망 다닌 결론은 닥치는 대로 경험하는 것이다. 실패를 실패라고 규정하지 않으니 그곳에서 소중한 보석을 찾을 수 있었다. '안된 원인은 무엇이지?' '그래서 내가 부족한 점은?' '아 이점을 보완해야겠다.' '그때 나의 마음 상태는?', '빨리 결과를 내려고 조급하기 않았나?', '다음에는 이렇게 하면 되겠네?' 이렇게 찾은 소중한 경험은 다음 일을 하는데 든든한 자산이 되었다. 그리고 다시는 같은 실수를 되풀이하지 않았다. 퇴사하는 선생님들에게 꼭 면담을 한다.

"OOO 선생님 우리 원이 개선해야 할 것은 무엇일까?"

퇴사하는 선생님이 말문을 연다.

5

항상 감사하다 말하라

자기계발서가 넘쳐나며 긍정적으로 생각하고 항상 감사해야 성장한다는 것을 모르는 사람은 없다. 그래서 내 얘기가 식상할 수도 있다. 그런데 나는 감사하다는 말을 성장이 아닌 '생존'을 위해 시작했다.

갑작스러운 세무조사를 받고 탈진한 상태로 집으로 돌아왔다.

"은영아 오늘 일은 엄마에게 말하지 말자. 애들 키우는 것도 힘든데."

"응, 알았어."

일찍 잠자리에 들었다. 눈을 감으니 오늘 일어난 일이 한 편의 필름으로 끊임없이 지나간다. 그렇게 몇 시간이 흘렀는지 모르겠다. 잠이 들었다. 깨우는 소리가 들린다. 아침을 먹으라고 한다. '좀 더 잘게요' 말을 했는데 소리가 나지 않는다. 다시 한 번 말을 한다. 똑같다. '이상하다 왜 소리가 나지 않지? 아직 꿈속인가' 볼을 꼬집어본다. 아프다. 심호흡을 하고 '좀 더 잘게요.' 말을 한다. 역시 소리가 나지 않는다. 가만히 보니 입이 벌어지지 않는 것이다. 다시 애를 써도 그대로다. 덜컥 겁이 났다. '이대로 입이 안 벌어지면 어떡하지?'

황급히 거실로 나가 아내에게 턱을 가리켰다.

"왜 그래?"

"어어 어어~~~" 외마디 짐승 같은 소리만 나온다.

"어머니! 오빠가 입이 안 벌어져요."

집안은 발칵 뒤집혔다. 급히 동네 치과를 갔다. 엑스레이를 찍고 잠시 후

"턱관절이 빠진 것 같습니다. 턱관절 전문 병원에 가셔야 합니다. 저희는 할 수가 없어요."

턱관절 전문 병원에서 응급치료를 받아 겨우 입을 벌릴 수 있었다. 어눌하지만 말은 할 수 있다. 말 할 수 있다는 당연한 사실에 감사했다. 그 짧은 시간에 느꼈던 죽음 같은 공포는 '감사하다'는 말을 나도 모르게 나오게 하였다.

"근래에 극심한 스트레스를 받은 일이 있으세요?"

"네 있긴 합니다."

"환자분은 턱관절 디스크의 뼈가 완전히 갈아서 없어졌어요. 심하게 앙다물고 있으신 겁니다."

"이 뼈가 생길 때까지 장치를 하지만, 절대 스트레스 받으시면 안 됩니다."

'스트레스가 사람을 죽일 수도 있구나. 살려면 어떻게 해야지?' 고민은 깊어져 갔다. 답은 살기 위해 절대 긍정하는 것이었다. 그래서 생각한 것이 매사에 '감사하다'는 말을 달고 사는 것이다. 당장은 입을 벌리고 말을 할 수 있는 것에 감사했다. '감사합니다. 감사합니다.' 계속 되뇌었다. 그렇게 생존을 위해 감사하다는 말을 시작했다.

냉소적인 성향이 많았던 내가 매사에 감사하다는 말을 하기란 쉽지 않았다. 자신을 기만하는 것 같았다. 그런 생각이 들수록 '감사하다'는 말을 더 했다. 절대긍정을 생각만 하는 것과 입으로 소리 내어 '감사합니다'를 말하는 것과는 완전히 달랐다. 그 당시 내가 마주하는 상황. 세무조사를 받으러 다니고, 쇼핑몰의 매출은 곤두박질치고, 20명이 넘는 직원을 한 명씩 내보내고, 쇼핑몰의 인수자를 찾았다. 모든 것이 감당하기에 벅찼다. 그 일을 하면서 '감사합니다.' 말했다. 세무조사를 받으면서 '말기 암환자로 병상에 누워 죽음을 기다리지 않는 것'에 감사했다. 그 많던 직원을 내

보내면서 능력 있는 직원을 더 좋은 곳으로 보내주게 되어 '감사합니다.' 쇼핑몰의 문을 닫는 날 '나에게 하늘이 더 큰 기회를 줄려고 하는구나.' 하며 '감사합니다'를 끊임없이 외쳤다. 그렇게 1-2여 년이 지났다. 참 이상한 일이 생겼다. 냉소적이고 부정적이었던 생각이 긍정적 사고로 서서히 변하고 있었다. 그 과정이 얼마나 힘든지 잘 알고 있다.

어렵게 주위의 도움으로 인천에 백여 명 정도의 어린이집을 운영하게 되었다. 모든 것이 눈물 나게 감사했다. 시련이라는 용광로에 단련을 해서인지 어린이집 운영에 문외한이었는데도 겁이 나지 않았다. 어린이집을 운영하는 지인을 찾았다. 며칠에 걸쳐 전반적인 운영상황을 배웠다.

"두 분은 잘 모르시니까 능력 있는 월급 원장을 찾으세요. 제가 한분 소개해 드릴게요."

"선생님들이 자격이 없는 원장은 은근히 무시해요. 엄마들도요. 각오 단단히 하셔야 할 겁니다."

"예 감사합니다."

"그런데 저희는 인터넷 쇼핑몰을 오래 했어요. 말이 안 되는 소리일 수 있지만 경력이 있는 원장과 저희처럼 문외한인 사람을 비교해서 더 장점인 면이 있을까요?"

너무나 엉뚱하지만 긍정인 사고가 발동했다.

"그런 경우가 가끔 있어요. 기존 원장님들은 틀에 갇혀서 다른 사업을 하셨던 분들보다 생각의 폭이 좁아요. 사업하시던 분들 중에 직원 관리나 학부모 관리를 오너 원장들보다 잘하는 경우도 종종 있어요."

"네 감사합니다."

어린이집을 인수하고 선생님들과 첫 회의에서

"학부모들 중 힘든 분 있으면 말씀하세요. 우리가 상대할게요. 선생님들은 애들 보육에 더 신경 써주세요. 그리고 원 운영에 개선사항 있으면 언제든지 말씀해 주세요. 바로 반영할 테니까. 그리고 대표인 나는 지원만 할 겁니다."

그 시간 이후 어떠한 지시도 내리지 않았다. 그리고 매일 교실을 돌면서 필요한 도움만 주었다. 개선사항에 대한 의견은 바로 반영되었다. 어린이집을 운영 한지 1년도 되지 않아 좋아졌다는 평판을 들었다. '감사합니다'를 말하면서, 쇼핑몰 정리 등 힘든 현실을 이겨낼 수 있었다. 또 상황을 차분히 정리할 수 있는 마음의 여유가 생긴 덕분에 어린이집도 다시 할 수 있었다.

2020년 12월 잠잠하던 코로나 감염자가 폭증하였다. 어린이집은 다시 휴원에 들어갔다. 겨우 운영이 정상화된 지 얼마 되지 않았는데……. '감사합니다'를 말하고 지낸 지 10년이 넘었다. 지난 일 년 동안 정상적으로 운영을 한 경우가 거의 없었다. 힘들어지고 나아질 기미가 없다. 그런데 매일 '감사합니다'를 하면서 지낸다. 그리고 걱정보다는 해결책을 찾아 하나하나 실행을 했다. 등원하는 원아가 적을 때는 온라인 줌으로 매일 담임 선생님이 집에 있는 아이들을 만났다. 교재 꾸러미를 주기적으로 직접 전달을 했다. 영어 수업을 온라인 줌 수업으로 하여 집에서도 신나게 참여하게 했다. 걱정보다 해결책을 찾아 움직였다. 부모님들과 아이들의 만족도는 높아갔다.

　나에게 '감사합니다'라는 말은 성장이 아니라 생존을 위한 절실한 감사였다. 일 년이 지나고, 십 년을 하다 보니 긍정적인 사고로 바뀌었다. 모든 것을 긍정적으로 보니 유머가 떠나지 않는다. 매일 함께 하는 아내의 웃음소리를 자주 듣는다. 이 웃음과 유머의 묘약은 마음에 여유를 준다. 그 덕분에 어려운 일이 닥쳐도 걱정보다 해결에 초점이 맞추어 실행한다. '감사합니다'라고 말하기 전 냉소적 사고는 자신을 움츠리고 못난 사람으로 인식하게 하였다. 지금은 자신을 신뢰한다. 코로나 이 극한 운영상황에도 일상의 행복을 즐긴다. 그리고 그런 나를 있게 해 준 것에 항상 '감사한다.'

6

현재 나를 있게 해 준 것들

현재 나를 있게 해 준 것이 무엇이 있을까? 시련의 용광로를 거치며 단단해진 경험의 근육이다. 이것이 현재의 나를 만든 가장 큰 버팀목이다. 그 과정에서 생존을 위한 절대긍정은 일상에서 항상 감사한 마음과 말을 하게 하였다. 지금은 과거와는 완전히 다른 사람이 되어있다. 모든 것에 감사한다. 그 덕에 삶을 객관적으로 바로 보는 여유가 생겼다. 이 여유는 시련을 해결해야 할 하나의 사실로 바꾸어 놓는다.

2019년 여름 어린이집 평가인증 주간이다. '평가인증은 영유아의 안전과 보육서비스의 질 향상을 위해 어린이집의 보육환경, 보육과정 운영, 보육인력의 전문성 및 이용자 만족도 등에 대하여

정기적으로 평가를 실시하는 제도다.' 산업체의 인증제도와 같은 제도이다. 3년에 한 번 어린이집의 모든 것을 평가하는 제도다. 통과 못하면 각종 운영에 대한 지원이 제한되어 꼭 통과해야 한다.

보통 6개월 전부터 준비를 한다. 많은 비용과 시간이 들었다. 선생님들은 몇 달 전부터 야근을 밥 먹듯이 한다. 드디어 평가 나갈 공지가 떴다. 예를 들어 5월 둘째주 이렇게 공지한다. 그 주 어느 날에 오는지는 알려주지 않는다. 드디어 평가 주일의 월요일. 신경을 곤두세우고 기다린다. 10시 30분을 넘어서고 있다. 오늘은 오지 않을 모양이다. 그렇게 여러 날을 힘들게 했다. 드디어 마지막 금요일. 월요일부터 기다리느라 선생님들이 지쳤다. 10시 30분 밖에서 초인종 소리가 들린다. 네 명의 평가관이 왔다. 다들 긴장한다. 6개월간의 힘든 준비를 했는데 꼭 통과해야 한다.

네 명의 평가관은 매서운 눈길로 하루 종일 꼼꼼히 평가를 한다. 그렇게 여섯 시간의 평가는 끝났고 "수고하셨습니다." 마지막 한마디를 하고 떠났다. 다들 탈진한 선생님들은 쓰러질 지경이다. 한 달 후 발표가 나왔다. 결과는 탈락. 자세한 내용을 살펴보고 다들 허탈해한다. 전체적인 점수는 합격에 충분한 점수였지만 한 항목에서의 과락이었다. 열 가지가 모두 합격하여도 필수 한 항목의 점수가 미달되면 탈락이다. 다들 맨 붕인 상황이다. 평가인증 컨설턴트에게 전화를 하였다.

"아니 어떻게 된 겁니까?"

"저도 그 항목이 과락인지는 몰랐어요. 하도 자주 바뀌어서."

"그럼 어떻게 되는 겁니까?"

"죄송합니다. 저도 놓쳤네요. 그런데 한번 탈락하면 방법이 없어요. 최소 2년을 기다려야 해요."

"아니 방법이 없습니까?"

"죄송합니다. 방법이 없어요. 일단 탈락을 하면 2년을 기다려야 해요 달리 방법이 없어요."

"제가 이 일을 십 년을 했지만 빨리 구제한 경우가 없어요."

전화를 끊는다. 다시 평가인증을 받는다는 것은 선생님들 입장에서 상상하지 조차 할 수 없을 정도로 힘들 일이다. 벌써 그만둔다는 소리가 들려온다.

그동안 아무리 절대긍정으로 살아왔지만 방법이 없었다. 선생님들은 너무 힘들어서 다른 원을 알아보고 있는 상황. 머리가 하얘졌다. 지난 시절에 겪은 냉소적 트라우마가 올라온다. '김홍선 어떤지 그동안 편안하게 살았지?', '너는 편하게 살 팔자가 아닌가 보다.' 나도 모르게 희생양을 찾고 있었다.

"아니 원장이고 선생님들은 그동안 그 필수 항목을 몰랐어?"

"저희 눈에 뭐가 꺼풀이 덮였었나 봐요. 그것을 못 봤다는 것이."

서로 자책을 한다. 절대긍정이고 나발이고 분노가 치밀어 오른다. 조금만 생각을 하면 충분히 대처할 수 있는 상황이었다. 치밀어 오른 감정이 이성을 마비시킨다.

분노의 바다에서 하루를 보냈다. 습관처럼 내면에서 한마디 소리가 들린다. '김홍선 결국 이 상황을 해결할 사람은 너밖에 없어', '어떡하나' 두려움 밀려온다. '그런데……. 이 모든 상황이 해결할 사람은 너 밖에 없어' 현재 나를 있기 해준 버팀목이 무엇인가? 그동안 시련의 용광로를 거친 경험의 근육이 든든하게 버티고 있었다. 다음날 선생님들을 불러 모았다.

"선생님들 수고 많았어요. 내가 어떻게 하든지 빠른 시간 안에 재검증을 받게 하겠습니다."

나를 바라보는 눈들이 반신반의한다.

다음날 평가 인증국에 전화를 하였다.

"어떻게 빨리 재인증을 받을 방법이 없을까요?"

"저희가 수백 군데를 하기 때문에 개별원의 사정을 다 받아 줄 수 없어요. 그런 예도 없고."

아내가 통화를 하는 것을 옆에서 듣고 있었다. 상대방의 논리적인 답변에 아내는 포기를 하고 전화를 끊으려 한다. 다급하게 전화를 가로챘다.

"그쪽 사정은 잘 압니다. 그런데 평가인증의 본질이 아이들이 더 좋은 환경에서 보육을 받는 것인데 저희는 다른 항목은 다 우수하게 나왔는데 한 항목 때문에 떨어졌어요. 2년을 기다리면 저희 원은 문 닫아야 해요."

"그런 원이 한두 군데가 아녜요. 개별 사정을 저희가 다 들어줄수가 없어요."

냉랭한 답변은 대화를 이어갈 수 없을 정도다. 상대편은 나의 침묵에 전화를 끊으려고 한다.

"저희는 절실합니다. 빨리 재인증을 받을 수만 있으면 광화문 네거리에서 발가벗고 스트립쇼라도 하겠습니다!"

이 한마디에 잠시 침묵이 흐른다.

"저희가 의논해 보고 연락드릴게요."

전례가 없는 3개월 내 다시 평가를 받을 수 있는 약속을 받았다.

다음날 평가인증 컨설턴트와 통화를 했다.

"놀랍네요. 제가 이 일을 십 년을 넘게 했는데 이렇게 빨리 재인증을 받은 사례는 없었는데."

현재 나를 있게 한 것이 무엇이 있냐고? '나밖에 할 사람이 없다'는 극단적인 상황을 겪은 '경험의 축적'이다. 그 과정에서 자신에 대한 신뢰가 쌓였다. 소중한 자산이다. 손이 떨리고 사고가 마비되고 심장이 멈추는 일을 다시 겪고 싶지 않다. 그래도 이런 일을 처리하고 있는 나를 보면 '참 너 대단하다. 내가 생각해도 너 대단해!' 자신에 감탄하고 있다. 이렇게 쌓인 자기 신뢰는 삶의 고

난과 시련의 든든한 방패막이되었다. 그 뒤에 절대 긍정이 있었다.

오늘 저녁 일상의 대화다. 어머니가 올해 팔순이신데 그동안 아이 세 명을 다 키우셨다. 올해 들어 기운이 급격히 떨어지셨다.

"홍선아 이젠 애들 밥 해주는 것도 힘들어. 죽을 때가 되었나 봐 비관이 들어!"

"엄마 그건 감사하게 생각해야 돼. 만약 지금 근력이 있어서 집안일 모두 해 봐. 어떻게 되나. 아마 얼마 못 가서 엄마 돌아가셔! 근력이 떨어진 건 그만 일하시라는 자연의 순리야"

현재 대화는 이런 식이다. 나의 절대긍정은 삶에 자연스럽게 흘러 들어가 있다.

7

삶은 해석의 차이다

직장을 그만두고 변리사 공부를 시작한 지 얼마 지나지 않았던 때다. 집으로 점심을 먹으러 가다 눈에 띄는 광고지가 벽에 보였다. 입시생이나 고시생들이 공부에 집중력을 높여줍니다. 이 한 구절이 눈이 확 띄었다. 단월드라는 명상 기업의 광고지였다. '집중력을 높여준다' 집으로 향하던 발길이 근처 단월드 센터로 향했다. 그렇게 명상센터와의 인연이 시작되었다 처음 입회를 하고 첫 수련모임 때이다

자신의 자아상에 대해 말하는 것이었다. 한 명씩 발표를 하였다. 그동안 내가 원하는 삶이 아니었다. 자아상을 객관적으로 말했다.

"그동안 살아온 내 자아에 한 번도 마음에 든 적이 없습니다."

냉랭하게 말했다. 잠시 후 진행자가 조용히 방으로 부른다. 그리 크지 않은 방에 방석 두 개만 덩그러니 놓여있다. 원장과 마주 앉았다. 어색한 침묵이 흘렀다. 어렵게 말문을 열었다.

"도우님 자신을 어떻게 생각하세요?"

"네 그리 마음에 들지 않아요. 지금까지 살아오면서 나 자신에게 만족한 기억이 없어요."

원장의 얼굴이 굳어졌다.

"단월드에서는 사람의 에너지레벨을 구분하는 기준이 있어요. 딱히 어렵지 않아요."

"자신에게 긍정적인 사람은 에너지 레벨이 중간치 이상은 되요. 그런데……."

"도우님같이 자신에게 냉소적인 분은 에너지 레벨 중에 가장 낮은 곳에 속해요. 제가 이 수련 진행을 십수 년 넘게 해왔는데 도우님같이 냉소적인 분은 처음 봐서요. 자신에게 냉소적인 것은 자신을 죽이는 겁니다."

동공이 흔들렸다. 이런 얘기는 처음 들었다.

"저희 수련하는 사람들에게 가장 위험한 경우예요."

당황스러웠다. 그리고 한편으로 기분이 나쁘다. 자신에게 냉조적인 것을 객관적 평가라고 생각하며 살았다. '가장 낮은 에너지 레벨이라니?'

"옛날 요술램프 지니 아시죠?"

"먼지가 묻은 램프를 닦으면 지나가 나오잖아요?"

"보통 참 자아는 자신과 세상이 먼지처럼 덧쓰여 놓은 에고라는 가짜 자아로 뒤덮어 있어요."

"도우님은 그 에고라는 가짜 자아에 파묻혀 있어요. 쓱쓱 닦아보세요. 참 자아는 아무것도 묻지 않은 순수한 것입니다."

"도우님이 생각하는 자아는 가짜입니다."

"진짜 도우님의 모습은 자신이 생각하는 것보다 훨씬 괜찮아요."

"어렵게 생각하지 말아요. 세상만사 생각하기 나름이라는 말 있잖아요?"

"자신과 대화를 해 보세요. 지금 생각하는 자신이 가짜라는 것을 알게 될 겁니다."

머리를 세게 얻어맞았다. 그동안 살면서 처음 들어보는 얘기다. '진짜 자아, 가짜 자아, 에고, 자신과의 대화' 익숙지 않은 단어들이다. 이질감을 느꼈다. '내가 이렇게 냉소적이었나?' 곰곰이 생각해 보았다. 원치 않은 삶을 살면서 자신을 냉소적이고 자학적으로 생각하고 살았었다. 낮은 자존감은 변리사 시험에 떨어지면서 바닥으로 떨어졌다. 이때를 계기로 자신과의 대화를 조금씩 시작하였다.

자신에게 냉소적인 생각을 바꾸어 준 계기가 생겼다. 새로운 쇼핑몰을 도전한 것이다. 내가 무언가를 도전하고 만들어 나간다는 경험은 세상을 바라보는 눈을 바꾸게 하였다. 우여곡절 끝에 이루어 놓은 쇼핑몰이 한순간에 사라졌다. '네가 그럼 그렇지, 어쩐지 잘한다 했다.' 내면에서는 다시 냉소적인 소리가 들리기 시작했다. 그때 이 소리에 귀 기울였으면 지금 어떻게 되었을까? 사소한 '감사합니다.'로 시작된 긍정은 극단적인 상황에서도 삶을 긍정적으로 해석하는 힘이 되었다.

2021년을 맞았다. 코로나로 다들 어려운 시기. 어린이집도 예외는 아니다. 직격탄을 맞은 식당 등 자영업자들에 비해서 어린이집은 그나마 났다고 항상 감사하고 산다. 코로라라는 천재지변은 더 이상 마음 쓰지 않는다. 내가 할 수 있는 일에 집중한다. 오후 교사회의 시간이다.

"이번에 신입 설명회는 5인 이상 집합 금지로, 예전에 강당에서 진행하던 것을 각반에서 담임 선생님이 일주일 일정으로 일대일로 진행했으면 합니다."

"그러려면 선생님들이 신학기에 우리 원에서 하는 프로그램 모두를 숙지해야 합니다. 내일 업체에서 교육을 해줄 예정입니다."

선생님들이 얼굴이 굳어진다. 이런 일대일 신입생 설명회는 처음 해보는 시도이다. 어떻게 하면 신입 어머니들에게 도움이 될 수 있을까? 아내와 머리를 싸매서 생각해 낸 안이었다.

"원장님 그런데 저희가 잘할 수 있을까요?"

"내가 어머니 입장에서 생각해 보았어요. 전체 모여서 하는 설명회는 자세한 것을 물어보려고 해도 눈치가 보일 겁니다."

"이번 설명회는 아이가 다닐 그 교실에서 담임 선생님과 하니까 엄마들은 좋아할 것 같아요."

명확한 당위성에 선생님들은 더 이상 반론을 하지 못한다.

그렇게 일주일간의 설명회가 시작되었다.

"대표님 어머니들이 무척 좋았나 봐요. 여러 명을 소개시켜주었어요. 그렇지 않아도 신입원아 모집이 안 되어 걱정이 많았는데."

결과는 대만족이었다. 일대일로 진행된 설명회는 부모님들이 궁금한 것을 상세히 물어볼 수 있었다. 그리고 미리 담임 선생님과의 만나서 교사에 대한 불안감을 없애 주었다. 삶에 대한 긍정적 시선은 걱정보다 해결에, 통제 할 수 없는 코로나보다 할 수 있는 일에 집중하게 한다. 지금 현재에 충실하게 한다.

삶은 해석의 문제라고 생각한다. 세무조사로 모든 것이 사라지는 상황에도 '하늘이 나를 얼마나 크게 쓸려고 이런 시련을 내려 주시나? 감사합니다.'라고 하면서 밑바닥 수렁에서 올라왔다. 어린이집에 문외한이면서 시작했다. 긍정의 시각으로 내 강점을 생각하고 그것을 가지고 짧은 시간 안에 운영을 정상화시켰다. 나라고 항상 내면에 긍정의 시각만이 있겠는가? 이 시간에도 긍정과 부정의 시각이 치열하게 싸운다. 단지 긍정의 시각을 더 많이 선택할 뿐이다. 이제 삶을 해석을 확장하고자 한다. 내 인생에 고2 때부터 직장을 그만둔 서른세 살까지 시간은 잃어버린 시간이다. 그 시간 동안 주변인의 삶은 성공도, 실패의 경험도 얻지 못했다. 이제 잃어버린 시간을 어떻게 하면 보석 같은 시간으로 바꿀 수 있을까? '이 시간 동안 얻은 것은 무엇인가?' 극단적 긍정의 시각으로 며칠을 고민해 보았다.

한 가지 소중한 보석이 있었다. 그것은 고등학교 때 원치 않은 이과를 가서 힘들어했던 학생은 지금도 있을 것이다. 이십 대 맞지 않는 전공으로 신음하던 대학시절, 대학 4학년 취업을 할 것인가 대학원을 갈 것인가 미래에 대한 불안감으로 떨고 있던 자신, 취업을 해서 이건 아닌데 고민하며 원하는 인생을 살기 위해 방황하는 자신. 나뿐만이 아닐 것이다. 그들과 공감할 수 있는 이 경험이 소중하게 보였다. 그래서 책을 쓰게 되었다. 내 경험이 단 한 명이라도 힘들어하는 이들에게 도움이 된다면 잃어버린 시간은 소중하고 가치 있는 시간으로 바뀔 것이다. 항상 긍정적으로 삶을 해석하려고 한다. 때론 부정적 시각을 선택하는 자신에게도 따뜻한 시선을 거두지 않는다.

8

죽을 때 소중한 것들

고2 때부터 잘못 끼워진 인생의 단추는 역설적으로 일찍부터 '원하는 인생인 무엇인가?', '좋아하는 것은 무엇인가?'를 고민하게 되었다. 그럼 지금은 진정 원하는 삶을 살고 있는가? 사실 잘 모르겠다. 그러나 자신을 사랑하고 신뢰하며 내 삶의 선택은 내가 한다. 10년 후, 죽기 전에 지금의 나를 어떻게 생각할까? 가끔 그런 생각이 들면 나도 모르게 지금 현재에 충실하게 된다.

태후, 태양이 쌍둥이 아들 녀석이 올해는 중학교에 들어간다. 작년부터 무섭게 커간다. 남들은 좋은 대학에 가려면 4학년부터 영어 수학 전문 학원을 보내야 한다고 난리들이었다. 너무 일찍 공부 스트레스를 주기 싫어서 6학년 가을부터 전문 영어, 수학학원을 보냈다. 학원도 코로나로 인하여 온라인 수업을 많이 하였다. 학교도 못 가는데 부모 마음은 조급하기만 했다. 두 애 다 갑자기 늘어난 공부 량에 정신을 못 차린다. 나 역시 비싼 교육비에 힘들다. 큰애 태후는 책을 좋아해서 그런대로 쫓아가는데 운동을 좋아하는 태양이는 힘겨워한다.

"아빠 영어 학원 안 가면 안 돼요?"

"수학 한 과목만도 벅찬데 영어는 따라가기 힘들어 그냥 멍하게 있다가 와요."

"태양아 네가 그동안 너무 놀아서 그래. 영어는 성실성이야. 공부습관을 잡으려면 조금만 버텨봐. 3개월이 고비래."

태양이 힘든 모습을 보며 시간이 지나면 괜찮을 거야 생각했다. 그런데 점점 폭력성이 도를 넘어서고 있었다. 할머니와 자기 형과 매일 갈등을 일으켰다. 집에 들어가면 전쟁터다.

"홍선아 태양이 저놈이 나에게 막 대들고 욕을 해. 무서워서 못보겠다."

"아빠 할머니 때문에 죽겠어요. 사사건건 간섭이에요. 태후랑 싸우면 태후만 편들어요."

태양이 얼굴이 곧 폭발 일보직전 같다. 부들부들 떨면서 자신의 손톱을 물어뜯는다. 나와 눈을 마주치지 못한다. 자신의 감정을 어떻게 못하는 답답함에 눈물만 한없이 흘린다.

"태양아 영어 학원 그만둘까?"

"네 너무 힘들어요. 저도 태후처럼 잘해서 아빠한테 칭찬받고 싶은데 안돼요."

"저는 안 되는 애예요?"

"왜?"

"아빠도 아시잖아요. 맨날 태후와 할머니랑 싸우기만 하고, 나는 이 집안에 없어져야 할 존재예요? 공부도 못하고."

가슴이 미어지고 눈시울이 붉어진다. 내 욕심에 아이가 너무 힘들었겠구나.

"아니, 아빠는 네가 제일 좋은데, 너는 다른 장점도 많잖아."

아이를 진정시키고 다음날 청소년 신경정신과에 상담을 하였다.

"아버님 태양이가 우울증이 무척 심해요."

"2주간 약을 드릴게요. 먹으면 많이 좋아질 겁니다."

가슴이 덜컹 내려앉는다.

"엄마, 태양이가 아프데요. 아픈 아이니까 한 호흡만 있다가 말 씀하셨음 해요."

"그래 나도 몰랐네. 그런데 내 속도 정상은 아니다!"

어렵다. 삼대가 같이 산다는 것은. 2주 후 태양인은 몰라보게 좋아졌다.

"홍선아, 태양이가 많이 좋아졌다. 오늘은 호떡을 사다가 몰래 하나 주는 거야. 할머니 줄려고 샀다고. 참 잔정은 많은 애야."

"태양이가 원래 우리 집 딸이었잖아?"

다시 청소년 정신과 진료를 받았다. 의사가 마주 앉았다.

"태양이가 약 먹고 많이 좋아졌어요. 폭력성도 없어졌어요."

"다행입니다. 우울증 판정을 받으면 오히려 충격을 받아서 더 엉망이 되는 경우도 많은데 잘 됐어요. 그리고 아버님 꼭 명심해야 할 게 있어요. 좋아진 지금 태양이의 모습이 원래 태양입니다. 이전의 모습은 뇌가 약간 아파서 그런 모습을 보인 것입니다."

눈물이 핑 돌았다. 그동안 태양이 본래의 모습을 잊고 있었다.

오늘 저녁 식탁 앞 아이들과 같이 저녁을 먹었다. 아이들의 얼굴을 보며 내가 죽기 전에 무엇을 남겨주면 좋을까 생각해 본다. 본래 순수한 나를 만나기 위해 오랜 시간 거친 여정을 지나왔다. 그 시작에는 태양 이처럼 '난 안 되는 놈이야' '네가 선택을 하면 그렇지?' '그냥 시키는 대로 살아라, 무슨 원하는 인생을 산다고' 내가 만들어 놓은 가짜 자신을 진짜인 줄을 알고 살았다. 그래서 항상 냉소적이었고 무기력했다. 그런데 그 모습이 내가 아니었다. 내 진짜 모습은 선택만 하면 무엇이든지 할 수 있는 능력을 가졌다. 쇼핑몰의 실패로 바닥까지 떨어졌다 일어났고, 전혀 모르는 어린이집을 훌륭하게 운영을 하고 있다. 단지 내 자신을 믿고 감사하다며 산 것뿐이 없는데. 내 아이들은 나처럼 거친 여정을 거치지 않았으면 한다. 어떻게 하면 그렇게 될까? 아이들과 대화를 시작한다.

단월드 명상수련 참가하여 체험한 작은 경험은 지금도 삶의 지표가 되고 있다.

"오늘 할 것은 자신과 우주를 바라보는 연습입니다. 우선 자신의 의식이 나와서 자신을 바라보세요. 아! 나는 지금 목이 마르구나, 그래서 물을 마시는구나. 이런 와칭은 많이 해보셨죠?"

"그럼 오늘은 한 단계 더 들어갑니다. 자신을 바라보는 의식을 제3자가 또 바라보는 것입니다."

이런 무슨 귀신 씨니라 까먹는 얘긴가? 자신을 바라보는 것도 힘든데…….

"생소할 겁니다. 한번 해보세요."

다들 흩어진다. 트레이너가 시킨 대로 해보려고 다들 애를 쓴다. 나도 나름 하려고 노력한다. 자신을 바라보는 것은 조금 된다. 그런데 '제삼자의 눈으로 보라' 이해조차 되지 않는데 어떻게 바라보겠는가? 한 시간이 흘렀다. 다른 이들의 얼굴이 많이 굳어져 있다.

시간이 얼마나 흘렀을까 같은 조원 한 명이 소리를 지른다.

"아 보인다. 보여!"

트레이너에게 달려가 확인을 받는다. 얼굴이 밝아진다.

"자 이것이 오늘 수련의 핵심입니다."

나는 아예 안 된다. 시간이 지나면서 한두 명씩 되는 사람들이 늘어간다. 저녁을 먹고 다시 수련장으로 들어왔다. 참가 인원의 절반 이상이 성공을 하였다. 조금씩 초조해진다. 비싼 돈 주고 왔는데……. 저녁 수련이 끝나도 보이지 않는다. '그 제3의 관찰자의 시선'이……. 잠이 오지 않는다. 밤새 고민도 해보고 노력도 해보았다. 안 된다. '이젠 안 되는 구나' 하고 포기하고 새벽녘에 잠들었다.

다음날 수련 끝나기 한 시간 전. 마음을 비우고 있었다. 그런데 갑자기 머릿속에 한 장면이 떠오른다.

'커다란 우주가 보이고 그 안에 아주 먼지만 한 내 행성' 그 모습이 위에서 한눈에 보인다. 그 장면을 보는 순간 내가 왜 '제3자의 시선'이 안보였는지 알 수 있었다. 그 먼지만 한 김홍선이라는 행성에 갇혀서 이 우주 전체를 보려고 했던 것이다. 당연히 전체가 보이지 않았던 것이다. 아! 내가 얼마나 자신이라는 덫에 강력하게 걸려있구나! 덫에서 나와 세상과 연결되어야 하는데, 하나가 되어야 하는데…….

그래서 외로웠구나.

오늘 아침 출근을 하면서 덫에 걸려 있는지 살핀다. 그리고 세상과 연결하려고 노력한다. 매사에 '감사합니다.' 말하면서……. 나는 경험했다. 내가 생각한 자신보다 진짜 나는 훨씬 더 괜찮다는 것을. 우리는 자신이라는 통로를 통해 세상과 연결된다. 그 통로를 무엇으로 만들까? 긍정, 자신 확신, 사랑, 감사 아니면 부정, 자기 비하, 두려움, 의심. 어떤 선택을 하느냐에 따라 세상은 천국이 될 수도 지옥이 될 수도 있다. 선택은 자신이 하는 것이다. 현명한 선택을 하는데 조금이나마 도움이 되었으면 하는 바람이다.

50년 인생을 한 권의 책으로 쓰고 나니 인생을 두 번 산 것 같다. 현재의 내가 있기까지 무엇이 가장 중요한 버팀목이었나를 생각하게 된다. 생각할수록 명료하게 정리가 된다.

첫 번째는 늦었지만 내가 원하는 인생을 선택했다. 50년 인생을 돌아보면 나에게 진정한 인생의 시작은, 30대 초반 직장을 그만두고 나와서 변리사 공부를 시작한 때부터이다. 그전의 삶도 나의 삶이지만 주변인의 삶을 살았다. 그 인생을 내가 선택하지 않아서다. 어릴 때는 집안의 사정 때문에 나이가 들어서는 새로운 선택에 대한 두려움으로 내가 원하는 삶을 살지 못했다. 그 삶의 시간은 나에게는 잃어버린 시간이 되었다. 인생에서 중요한 것은 성공만이 아니라, 그 과정에서 겪는 실패와 시련을 이겨내는 경험은 그 무엇과도 바꿀 수 없는 소중한 보석이다. 삶을 단단하게 해주고 한편으로는 여유를 준다. 이런 소중한 보석을 30대 내가 원하는 삶을 선택하면서 얻을 수 있었다. '더 이른 나이에 원하는 삶을 선택했다면……' 하는 아쉬움이 남을 수밖에 없다. 늦은 나이에 얻은 이 삶의 실패와 시련을 이겨내는 경험은 늦은 만큼 큰 대가를 치렀다. 나뿐만 아니라 가족들도 힘들고 괴로웠다. 그러나 그 실패와 시련을 이겨낸 경험은 이후 삶을 사는데 엄청난 힘이 되었다.

두 번째로 내가 선택한 삶에서는 실패와 시련에 도망가지 않고 당당히 맞서서 이겨내었다. 그렇게 할 수 있었던 것은 자신과의 대화가 있었기에 가능했다. 대화를 통해 자신을 알아간다는 것은 엄청난 안정감을 준다. 그리고 내가 알고 있던 것보다 참 자신은 훨씬 더 괜찮은 사실에 전율하였다. 그동안 내 자신을 너무나 사랑하지 않았다는 것을 알고는 그렇게 자신에게 미안했다. 이후 자신을 사랑하게 되었다.

자신에 대한 신뢰는 쌓여갔다. 번창하던 쇼핑몰을 한순간에 물거품이 되는 과정에서 죽음보다 더한 공포와 좌절을 겪었다. 턱이 빠지고 피오줌이 나오는 극단의 공포를 겪으면서도 포기하지 않고 이겨낼 수 있었던 것은 자신에 대한 신뢰가 있었기에 가능했다. 삶과 죽음의 선택의 순간에 나 자신은 이런 말을 하였다. '김홍선 넌 내가 생각하는 것 보다 훨씬 능력 있고 괜찮아. 너를 믿어' 이 나를 믿어주는 내면의 한마디는 그 어떤 것보다 강력한 갑옷이 되었다. 이 갑옷을 입는 순간 실패와 시련의 공포와 두려움은 내가 해결해야 하는 객관적 사실로 변했다. 그리고 단지 앞으로 나갈 한 발자국만 생각하고 그 진흙탕에서 묵묵히 걸어 나왔다. 이 소중한 경험은 지금 삶을 살아가는 데 든든한 버팀목이 된다.

세 번째는 삶을 바라보는 시각을 긍정적으로 하였다. 세무조사로 쇼핑몰을 닫아야 하는 극단적인 상황에서 이겨낼 수 있었던 결정적인 순간은 이 시련을 어떻게 바라보느냐? 이었다. '하늘도 무심하지 그렇게 열심히 살았는데 왜 하필 나에게 이런 시련을 주십니까?' 원망하고 좌절하기도 했다. 그런데 그럴수록 사방은 더 막히고 깜깜해졌다. 내가 선택할 수 있는 것은 극단적인 것 밖에 없었다. 그래서 절대긍정을 선택했다. 이 상황을 긍정할 것을 필사적으로 찾았다.

'하늘은 사람을 크게 쓰기 전에 먼저 시련을 내려주신다. 나를 얼마나 크게 쓰시려고 하시나?'

'감사합니다.' 또한 내가 암병동에서 투병하는 것도 상상하였다. 그리고 지금에 감사했다. 깜깜했던 사방이 조금씩 빛이 들어오고 해결의 문은 서서히 열리기 시작했다. 놀라웠다. 마음의 여유가 생기면서 해결을 위해 실행하기 시작했다.

작년부터 이어온 코로나로 어린이집 운영도 말이 아니다. 다들 힘든 시기다. 그런데 걱정만 하고 있지는 않았다. 내가 어떻게 할 수 없는 코로나는 생각하지 않는다. 단지 할 수 있는 일에 집중한다. 코로나로 현장수업을 할 수 없으니 찾아오는 현장수업으로 바꾸었고, 온라인 줌 수업도 진행한다. 이렇게 할 수 있는 것부터 하나씩 해 나가면서 많이 비어있는 원아도 한 명씩 들어오기 시작한다. 내가 선택한 삶에서 경험한 실패와 시련은 지금 펄떡이는 생명력으로 살아있다. 누구를 미워하거나 미래를 자주 걱정하지 않는다. 단지 한 발자국 앞에 일만 생각하고 실행하기에도 하루해가 너무 짧다.

벼랑 끝에 서 있어도
잊지 말아야 할 5가지

초판인쇄	2022년 7월 13일
초판발행	2022년 7월 19일

지은이	김홍선
발행인	조현수
펴낸곳	도서출판 더로드
기획	조용재
마케팅	최관호 최문섭
편집	강상희
디자인	호기심고양이

주소	경기도 고양시 일산동구 백석2동 1301-2
	넥스빌오피스텔 704호
전화	031-925-5366~7
팩스	031-925-5368
이메일	provence70@naver.com
등록번호	제2015-000135호
등록	2015년 06월 18일

정가 15,000원
ISBN 979-11-6338-279-9 03810